THE TREMBLING OF A LEAF

W. Somerset Maugham

叶之震颤

[英] 毛 姆 著　马亚静 译

SPM 南方传媒 | 广东人民出版社
·广州·

献给

伯特伦·阿兰森

目 录

L'extrême félicité à peine séparée par
une feuille tremblante de l'extrême
désespoir, n'est – ce pas la vie ?
Sainte – Beuve.

极端的幸福和极端的痛苦之间，
只隔着一片震颤之叶，
生活莫不如此？

——［法］圣伯夫

太平洋

太平洋变化莫测，难以捉摸，就像是人类的灵魂。它时而巨浪滔天，像是比奇角的英吉利海峡一样灰暗，时而又起伏不定，白浪滚滚。它并不总是风平浪静，一片蔚蓝。即便是蔚蓝，那片蔚蓝也带着傲慢。炽热的阳光透过没有一丝云彩的天空照射下来。信风吹进你的血液，让你急于探索未知的世界。就是在这样的大海上，尤利西斯在海上扬起风帆去寻找快乐岛。但是有时太平洋又像一汪湖泊，海面风平浪静，波光粼粼。海平面跃起的鱼就像是镜面上的一道微光，当它重新跃入水中时，溅起的水花形成了一道小小的喷泉。海平线上一团蓬松的云，在落日的余晖中变幻出奇异的形状，让你很难不相信那是一座座巍峨的高山。它们是你梦中之国的群山。你穿越难以想象的寂静，在神奇之海上航行，不时飞过的几只海鸥告诉你陆地就在不远处。那是一个隐藏在汪洋之中被人遗忘的孤岛。而那些海鸥，那些忧伤的海鸥，是指向孤岛唯一的线索。在那里你看不到一个行人，也看不到熟悉亲切的烟雾，也看不到雄伟的多桅帆船或者体态修长的纵帆船，甚至看不到一只渔船，这里一片空旷，随即空寂之感笼罩了你，朦胧之中带着某种预兆。

麦金托什

麦金托什在海水里扑腾了一会儿，这边的水太浅无法游泳，但是害怕有鲨鱼出没，他不敢去远处的深海。随后他从海水中站起来走进浴室里冲澡。在又黏又咸的太平洋海水中浸泡后，再冲一个凉凉的淡水澡让他不禁心情舒畅。虽然刚过七点钟，但是海水已经热起来，所以洗完海水澡不但没有振作起来，反而让他浑身懒洋洋的。

他把身体擦干，套上一件浴衣，大声地告诉中国厨师说，五分钟后要吃早餐。然后赤足穿过一片长有零星杂草的沙滩——行政长官沃克自豪地称这是“草坪”——走到自己的房间穿衣服。他很快就穿好了衬衫和帆布裤子，来到在他们住处另一头的行政长官的房子。他们两个人经常一起吃饭。但中国厨师告诉他，沃克五点钟就骑马出去了，一个小时以后才会回来。

麦金托什昨天晚上没有睡好，他看着摆在面前的番木瓜和培根煎蛋没有什么胃口。夜里的蚊子很是疯狂，它们围着他睡觉的蚊帐飞来飞去，残忍而危险的嗡嗡声，像是在一架风琴上，在远处不停地弹着一个绵延不绝的音符，他刚一打瞌睡就会被惊醒，害怕有蚊子飞进他的蚊帐。天气炎热，睡觉时他把衣服都脱光躺在床上，还是辗转反侧，热得难以入睡。渐渐地，耳边传来海浪拍击岩石发出的单调有规律的声音，仿佛永远也不会停下来。这声音平时听不到，而那时却越来越清晰，这种节奏敲打着他疲惫的神经，他紧握双拳，努力承受着。一想到没有什么能阻止这种声音，它将永远持续下去，他就无法忍受。而且，就好像他的力量可以与大自然的无情力量相匹敌一样，他有一种疯狂的冲动，想做一些暴力的事情。他感觉他必须靠自我控制才没有发狂。现在他望向窗外的环礁湖，远处有一条泡沫带的地方就是那块礁石的所在，看着这明媚的景色他只会感到憎恶，不禁打了个寒战。万里无云的天空就像一个倒扣的碗，将这一切囊括其中。他点燃烟斗，翻开几天前从阿皮亚送来的一堆《奥克兰报》。最新的一期是三周以前的。他只觉得这些无比乏味。

接着他走进办公室。这间屋子很大，里面却没什么家具，只有两张办公桌和靠边的一张长凳，上面坐着几个当地人，其中有两个妇女。他们闲聊着，等待长官的到来。看到麦金托什进来，他们向他问好。

“塔洛法利[①]。”

他向他们回礼后，坐在桌子旁开始写一份报告，萨摩亚总督一直在催这份报告，而沃克一直拖沓着没有动笔，他一贯是这个样子。麦金托什一边写着一边心存报复地想，沃克迟迟不交报告是因为他目不识丁，对任何与笔和纸有关的东西都有着无比的厌恶。现在当这份报告终于写好了，简洁而正式，他又会毫无愧色地接受下属的工作，一句赞赏的话都没有，反倒是带着冷笑甚至是嘲笑把报告发给他的上级，好像是他自己的作品。事实上他一个字也写不出来。麦金托什愤怒地想，要是他的这位上司在上面再加上几句，肯定会显得幼稚可笑、文法错误。如果给他指出错误或者试图改正他的错误，他会勃然大怒，大喊道：

“我干吗要在乎这该死的语法，我想怎么说就怎么说。”

终于沃克走进办公室。当地人立刻围住了他，一个个都抢着说起来，他粗暴地打断了他们，让他们都坐下闭嘴，威胁说，如果他们再吵吵闹闹地就把他们都赶出去，今天谁也不见。他朝麦金托什点了点头。

“嘿，麦克，你终于起床了。我真不明白你怎么能把一天中最好的时光浪费在床上。你应该像我一样在天亮前起床。你这个懒鬼。”

他重重地坐在椅子上，用一块大手帕擦了擦脸。

---

① 意思为“我很喜悦您收到了我真挚的爱”。

“天哪，我太渴了。”

门口站着一位身穿白色上衣和萨摩亚印花缠腰布[①]的警察，他吩咐他去拿卡瓦酒[②]。卡瓦酒钵在房间角落的地上。警察拿半个椰壳装满酒，端到沃克面前。沃克先在地上洒了几滴，和在场的人客气了几句，然后一饮而尽。接着他吩咐警察给等待的每个当地人按照长幼尊卑倒了酒，当地人也按照同样的礼仪一饮而尽。

然后他开始了一天的工作。沃克是个身材敦实的矮个子，比中等身高的人还要矮上许多。他长着一张大胖脸，胡子刮得干干净净，两腮上长着赘肉，下巴足有三层。他的五官都被肥肉包围了。除了后脑勺上一块新月形的白发，已经完全秃顶了。看到他你就会想起狄更斯笔下那位匹克威克先生[③]。他性格古怪有趣然而却又不失体面。大大的金丝眼镜后面的那双蓝眼睛精明、灵动，神色坚毅和果决。他已年届六十，但身上的活力并没有随着岁月一起流逝。尽管他身体肥胖，动作却十分敏捷。走起路来步子沉重而坚定，好像要把他的体重深深地印在大地上。他说话声音很大，嗓门粗哑。

---

① 是一种波利尼西亚人特别是萨摩亚人所穿的服装，由一块简单的方形布料像裙子一样围在身上。

② 卡瓦酒是用产于南太平洋群岛的一种卡瓦胡椒取根部磨碎成粉、用水调制而成的。

③ 狄更斯小说《匹克威克外传》中的主人公，是一位仁慈、博爱的老绅士。

麦金托什被任命为沃克的助手已经两年了。沃克在萨摩亚群岛的一座大岛——塔鲁阿岛上已经当了二十五年的行政长官了。他在南太平洋一带闻名遐迩。麦金托什怀着强烈的好奇心期待着与他的第一次见面。出于这样或那样的原因，他在阿皮亚待了几个星期才上任，在查普林的酒店和英国人俱乐部里，他听到了无数关于这位行政官的传奇故事。现在回想起当初自己听故事时的热情不免感觉有些讽刺的意味。当上他的助理以后，他从沃克本人那儿又听到过上百次这样的故事。沃克知道自己是个人物，为自己的知名度感到自豪，有时会特意用自己的行为去迎合他的传奇。他精心地维护着自己的“传奇”，急于让别人了解他传奇故事的每个细节。如果有人讲这些故事时有失准确，他就会大光其火，样子滑稽可笑。

一开始，麦金托什觉得沃克这种粗犷的热诚不乏魅力，沃克也很高兴有这么一位听众，对他讲的都感到新鲜。他脾气随和，精力充沛，体贴周到。麦金托什则一直在伦敦过着政府官员这种备受庇护的生活，直到三十四岁的时候得了一场肺炎。面临转变为肺结核的危险，他只能在太平洋这个岛上找份工作。在麦金托什看来，沃克的经历显得特别富有戏剧性。沃克走向成功最初的冒险经历尤为特殊，无法复制。他十五岁时便出海在一艘运煤船上做了一年的铲煤工。那时他还是个身材矮小的孩子，船上的大副和船员都对他很好，但是不知道为什么船长特别讨厌他，经常对他拳打脚踢，残忍地虐待他，以至于他经常因为手脚疼痛无法入睡。他对船长恨之入骨。后来，有人给他透露了一场赛马比赛的内幕消息，他设法从他在贝尔法斯特结识的一个朋友那儿借了二十五英镑。他把钱押在了一匹不被看好的马身上，如果他输了，他根本就无力偿还这笔债务，但是他从来就没想过他会输。他觉得他运气正好。他押的那匹马赢了，他有了一千多英镑的现金。现在他的机会来了。他找到镇上最好的律师告诉他，他听说那艘运煤船——当时还在爱尔兰海岸的某个地方——正在出售，让他安排为自己买下那艘运煤船。律师觉得这位小客户很有意思，那时他才十六岁，看上去没有现在这么老。或许是出于同情，律师不仅答应安排买下这艘船，而且还要谈个好价格。很快，沃克就成了这艘船的主人。他回到船上给船长下了最后通牒，限他半小时之内必须离开，这是他一生中最值得称道的时刻。他让大副接替了船长的位置，又航行了九个月。最后，把船卖掉时他又赚了一笔。

在二十六岁那年他来到岛上，当上了种植园主。那时他是德军占领时期少数定居在塔鲁阿岛上的白人之一，在当地人中有一定的影响力。德国人让他做了行政长官，这一做就是二十年。当英国人统治的时候，他行政长官的位置更加稳固。他对这个岛实施专制统治，十分成功。这也是麦金托什对他感兴趣的另一个原因。

但是这两个人根本不是一路人。麦金托什相貌丑陋，体态笨拙，又高又瘦，窄胸锁肩，脸色苍白，两颊凹陷，眼睛很大却目光阴沉。他酷爱读书，有次他打开刚运到的书时，沃克到他的办公室看着这些书，嘲笑他说：

“真是见鬼，你把这些垃圾带来干什么？”

麦金托什的脸涨得通红。

“很遗憾你说这些是‘垃圾’。我把书带到这儿来是因为我想读。”

“听你说你有许多书寄过来时，我还以为有我可以读的呢。你有侦探小说吗？”

“我对侦探小说没兴趣。”

“你真是个该死的傻瓜。”

“你要是这么想，我也没办法。”

沃克的每个邮件都会给他带来一大堆期刊，有新西兰的报纸，还有美国的杂志。麦金托什对这些短期的出版物不屑一顾，这让沃克很是恼火。他对麦金托什闲暇时间读的那些东西毫无耐心，认为吉本的《罗马帝国衰亡史》或伯顿的《忧郁的解剖》只不过是在装模作样。因为他一贯口无遮拦，对他的下属更是随意地批评。麦金托什算是真正地认清了他，在他充满活力的好脾气后面是可恨的粗俗狡猾；他虚荣专横，他不喜欢和他不投脾气的人，他天真地通过语言来判断一个人，如果没有像他那样张口闭口都是咒骂和淫秽之词，他就会看不起你。晚上的时候他们两个人玩皮克牌，他玩得很差，但却自我感觉良好，赢了以后就朝他大喊大叫，输了以后就大发脾气。偶尔会有几个种植园主开车过来打桥牌，沃克的本性就暴露得更加明显。他出牌时丝毫不考虑他的搭档，想怎么打就怎么打；没完没了地争论，企图用他的大嗓门把对家压倒；经常要赖反悔，这时他会低三下四地讨好说："你不会和一个眼神不好的老头儿斤斤计较吧？"他难道不知道他的对手都尽力哄他开心，没打算遵守游戏规则吗？麦金托什冷冷地看着他，目光中充满了蔑视。桥牌结束后，他们抽烟喝威士忌，开始闲聊。沃克兴致勃勃地讲他的婚姻，他在婚宴上喝得酩酊大醉，把新娘吓跑了，从此他再也没有见过她。他还自豪地讲了和岛上的女人有无数次的风流韵事，肮脏不堪，他却以此为荣，这对有洁癖的麦金托什是极大的挑战。麦金托什认为沃克是一个下流、好色的老头儿。沃克则认为麦金托什是一个可怜的家伙，因为他不愿意和别人分享风流韵事，别人都喝醉了，只有他还保持清醒。

沃克瞧不起麦金托什还因为他工作按部就班。麦金托什做什么事情都喜欢井井有条。他的办公桌永远一尘不染，文件整齐，归类清楚，想要什么文件随时都可以拿到，对工作需要的规章制度了如指掌。

"好了，好了，"沃克不耐烦地说，"这个岛我都管了二十多年了，从来都没有这么多麻烦的规矩，我现在也不需要这些。"

"如果你找一封信就得花上半个小时，你不觉得这样要方便一些吗？"麦金托什说。

"你就是个该死的官僚。不过你这家伙倒也不坏。在这儿待上一两年就好了。现在你的问题是不喝酒。如果你一周能喝上一次酒，你就坏不到哪儿去了。”

沃克完全没有意识到他的下属对他的厌恶之情与日俱增。尽管经常嘲笑麦金托什，可随着他慢慢地习惯他，几乎开始喜欢上他了。他对别人的怪癖有一定的容忍度，他认为麦金托什是个古怪的人。或许他不知不觉地喜欢上了他，是因为他可以尽情地取笑他。他的幽默包括低俗的玩笑，他总是需要一个笑柄。麦金托什不同于他们的一丝不苟、道德准则、众人皆醉他独醒让他成为完美的取笑对象。他的苏格兰名字为那些常说的苏格兰笑话提供了机会。当有两三个人在场时，沃克就会拿麦金托什开玩笑，每次他都玩得不亦乐乎。沃克会对当地土著讲一些关于麦金托什的笑话，麦金托什对萨摩亚语还不是很熟练，看到沃克用这种下流的方式提到他，从而逗得众人哈哈大笑时，他只是好脾气地笑笑。

“听我说，麦克，”沃克粗声粗气地大声说，“你得经得起人家开玩笑。”

“刚才是个玩笑吗？”麦金托什笑着说，“我不知道。”

“苏格兰勇士[①]！”沃克大喊道，接着就一阵大笑，“只有一种方法能让苏格兰人明白笑话，那就是外科手术。”

沃克不知道，再也没有什么比受到取笑更让麦金托什不能忍

---

① 出自苏格兰农民诗人罗伯特·彭斯（Robert Burns，1759—1796）写的一首爱国诗歌。

受的了。

麦金托什会在雨季闷热的夜晚醒来，想着前几天沃克漫不经心地说出的那些取笑他的话，总也忘不掉。他的心里充满了愤怒，脑子里构想着各种方式来报复这种欺凌。事实上他曾经反击过一次，但是沃克的话粗俗直白，善于诡辩的天赋发挥了作用。他智力的迟钝让他也无法理解麦金托什这巧妙的讽刺，而且他谜一般的自信使得没有什么能伤害到他。他响亮的声音、无所顾忌的大笑是对付麦金托什最好的武器，他根本无从招架。最明智的办法是永远不要在沃克面前暴露愤怒，他学会了控制自己。但是仇恨却与日俱增，渐渐成了一种偏执。他异常警觉地观察着沃克，沃克每一次幼稚的虚荣、狡猾以及粗俗的表现，都让他的自尊得到满足。沃克的贪婪、聒噪以及丑陋的吃相他都看在眼里。他在本子上一笔一笔地记着沃克说过的蠢话、犯过的语法错误。他知道沃克并不尊重他，他从上司对他的评价中得到了一丝苦涩的满足。这更增加了他对这位心胸狭窄、自满自大的老头儿的蔑视。让他感到异常高兴的是，沃克根本没有意识到他对他的仇恨。沃克是个喜欢别人吹捧的傻瓜，竟然幻想着每个人都很钦佩他。有一次麦金托什无意中听到沃克说起他。

“等我把他打磨成样子就好了。”他说，“他是个好人，他爱他的上司。”

麦金托什沉默着，那张苍白的长脸上没有表情，心里笑了很久。

但是他的仇恨没有让他盲目，相反，他头脑异常清醒，他对沃克能力的判断非常准确。沃克高效地治理着他的小王国。他公正诚实，他有很多赚钱的机会，但却比刚上任时更穷了。他养老唯一的依靠是在退休时能领到的养老金。让他自豪的是，他只靠着一个助手和一个混血儿办事员就能把这个岛治理得井井有条，比阿皮亚所在的乌波卢岛还要好，那儿官员的数量比这儿要多得多。还有几个当地人警察来维护他的权力，但是他几乎用不到他们。他的治理靠的是虚张声势和爱尔兰式的幽默。

“他们坚持要建一座监狱，”他说，“真是见鬼，我要监狱干什么？我可不打算把当地人关进监狱里。如果他们做了坏事，我知道该怎么对付他们。”

他与阿皮亚上司的一次争吵就是因为他声称对塔鲁阿岛上的当地人拥有完全的审判权。不管他们犯了什么罪，他都不会把他们交到法庭上处理。他和乌波卢州长之间曾为此互发过多次愤怒的信函。他把当地人看成自己的孩子。对于一个这么粗鲁、庸俗、自私的人来说，热爱这个他一直满怀热情生活的岛屿，对当地人他有着一种奇怪而朴实的柔情，真是让人感到惊奇。

他喜欢骑着他那匹老迈的灰色母马在岛上信马由缰地闲逛，不知厌倦地欣赏着海岛之美，在椰树丛中的草地上漫步，不时停下来欣赏美景。他偶尔会拜访一个当地人的村庄，头人会给他端来一碗卡瓦酒。这时他会停下脚步，注视着这些有着高高的蜂窝状茅草屋顶的钟形小屋，一丝微笑会从他胖胖的脸上蔓延开来。

他的目光停留在郁郁葱葱的面包树上，目光中满是喜悦。

“天哪，这里简直就像伊甸园。”

有时他骑着马沿着海岸穿过树林，望着一望无际的大海，海面上一只帆船也没有，无人来打扰这份宁静。有时他会爬上山顶，树木环绕的乡村尽收眼底，就像是一个王国一般。他常常一坐就是一个小时，陶醉其中，这种感觉他无法用言语来表达，只能用一个下流的笑话来表达，就好像他热烈的感情需要用低俗来缓解。

麦金托什冷冷地观察着他，沃克一直就是个酒鬼。有一次，他在阿皮亚把比他年纪小一半的人都喝到了桌子底下，他一直以此为豪。他也像酒鬼一样感情用事。他会为在杂志上看到的一个故事而流泪，也会拒绝贷款给陷入困境的商人，哪怕他们已经认识二十多年了。他对钱很吝啬。

有一次麦金托什对他说：“你永远不会因为借钱给别人而受到指责。”

沃克把这当作恭维。他对大自然的热情不过是一个酒鬼的胡言乱语。他对当地人的感情也无法引起麦金托什的共鸣。他爱他们是因为他们在他的统治之下，就像是一个自私的人爱他的狗一样，而且他和他们的智力水平也相当。他们开着下流的玩笑，他对这些粗野的玩笑从不感到不知所措。他理解他们，他们也理解他。他为自己对他们的影响力而自豪。他把当地人看作自己的孩子，他们的任何事情他都要参与，同时他也小心地维护着自己的权威。他用铁血手腕统治他们，容不得任何的反抗，也不容忍岛上的任何一个白人占他们的便宜。他提防着那些传教士，如果他们做了任何他不赞成的事情，那他就会让他们的日子过不下去，就算他不能把他们赶走，也会让他们主动离开。他对当地人的影响力如此之大，以至于只要有他的吩咐，当地人会拒绝给他们的牧师提供劳力和食物。

另一方面，他对商人毫无好感。他会留意他们有没有欺骗当地人；他要保证看到他们的劳力和椰子干公平交易，商人们没有从他们出售的商品中获取暴利。他对他认为不公平的交易处理起来毫不留情。有时在阿皮亚，贸易商会抱怨他们没有得到公平的机会，为此损失惨重。沃克知道后为了报复他们会毫不犹豫地放出诽谤和无耻的流言。这时商人们就会发现想要在岛上安安稳稳地生活下去，甚至活下去，都要接受他提出的各种条件。一个他很讨厌的商人的商店不止一次地被烧，从出事动机上可以推算是受了行政长官的教唆。有一次，一个瑞典混血儿被一场大火烧到破产，他跑到他面前，当面控告他纵火。沃克当面嘲笑他说：

“你这个卑鄙小人，你的母亲就是当地人，而你还想欺骗当地人。如果你那肮脏的商店被烧了，那也是天意的审判。滚出去。”

看到这名男子被两名当地警察赶出去时，行政长官的胖脸上笑得肥肉乱颤。

“天意的审判。”

现在麦金托什看着他开始了一天的工作。沃克先从病人开始，因为他在工作中增加了诊疗这一项。在他办公室后面有个小房间里装满了药品。

一个上年纪的男人走上前来，他有灰色的卷发，腰里围着一条蓝色的缠腰布，身上有优美的文身，皮肤却像酒囊一样褶皱。

“你来干什么？”沃克不客气地问他。

那人哀声诉说着，他现在吃什么吐什么，浑身到处都疼。

“去找传教士，”沃克说，“你知道我只给孩子看病。”

“我去过传教士那里，他们也没有办法。”

“那就回家去等死吧。你活了这么长时间还想继续活下去吗？真是个傻瓜。”

那人生气地抱怨着，但沃克置若罔闻，指向一个怀里抱着生病孩子的妇女，告诉他把孩子放到桌子上。问了他几个问题看了看孩子。

“我给你点儿药，”他说，转身对混血儿办事员说，“去药房给我拿一些甘汞片来。”

他让孩子吃了一粒，剩下的一粒给了母亲。

“带他回去吧，给他穿暖和点儿，明天如果没死就会好起来。”

他靠在椅子上点燃烟斗。

“甘汞真是好东西，我用它救了许多人的命，比阿皮亚所有医院医生加起来救得还要多。”

沃克对自己的这项本领感到非常自豪，无知的武断让他看不起那些从事医疗的人员。

“我喜欢治疗的病人是，所有的医生都放弃了，医生们对他说我们无法治愈你，而我对他们说，‘来我这儿吧。’我给你讲过得癌症的那个家伙吗？”

“经常讲。”麦金托什说。

“三个月我就把他治好了。”

“你从没讲过你没治好的人。”

当天的诊疗工作结束了，他继续处理其余的事情。问题五花八门。一个女人和她的丈夫不和，一个男人抱怨他的妻子离家出走了。“你真幸运，”沃克对那个男人说，“大多数男人都希望他们的妻子也这样。”

还有因为一小块地的归属权引起的长期而复杂的纠纷，还有因为捕鱼后分配不公引起的争吵。还有人投诉白人商人缺斤短两。沃克认真倾听着每个案子，迅速地做出判决，然后当事人再说什么他也不会听了，如果当事人继续纠缠，就会被警察赶出办公室。麦金托什全程都在听，越听越恼火。总体来看，这些案件或许得到了大致公平的处理，但是让他恼火的是，他的上司断案凭的不是证据而是直觉。任何解释他都不会听。他还恐吓证人，如果他们说了没有他希望听到的证词，他就说他们是小偷，是骗子。

他把坐在房间角落里的一群人留到最后，故意不理睬他们。

他们是一个年长的族长、他的儿子，以及村里几个重要人物。族长身材高大，很有威严，蓄着白色短发，围着一条崭新的缠腰布，带着一柄巨大的苍蝇掸子，那是他权力的象征，沃克和他们结怨颇深，但他是胜利的一方。按照他一贯的作风，他现在打算好好享受一下他的胜利，因为他把他们打败就是为了享受他们的无助。事实是这样的，沃克热衷于修路。他刚来到塔卢亚时，岛上只有零星的几条路，但随着时间的推移，他打通了乡村道路，让村庄们彼此都连在了一起，岛上越来越繁荣的大部分原因也是得益于此。在过去很难把岛上的农产品——主要是椰子干——运到海岸边，再装上纵帆船或者汽艇运到阿皮亚。而现在运输变得简单快捷。他还雄心勃勃地计划修建一条环岛公路，而且其中很大一部分已经建成了。

“再过两年就可以完成了，那时不管我是死了还是被解雇了，我都无所谓了。”

道路是他心中的快乐所在，他经常过去查看道路的进展。道路修得很简单，宽阔的大路从灌木丛或者种植园穿过，上面还覆有杂草，但是挡路的树木必须连根拔起，岩石也必须挖走或炸掉，各处都需要平整。他已经解决了这些困难，这让他很是自豪。

他很高兴在自己的部署之下，修建的道路不仅方便出行，而且还把他深爱的岛上的美景展露无遗。谈起他修建的道路时，他就会化身一位诗人。道路在这些迷人的景色中蜿蜒穿行，每处都经过沃克的仔细考量，这儿应该走直线，可以透过树木看到一片绿色，那儿应该转个弯或者走曲线，以免单调影响心情。这个粗俗感性的男人竟然会运用如此巧妙的心思来达到他想象中的效果，真是令人惊讶。他就像一位日本园丁那样使用他的高超技艺用于修路。他从总部拿到了修路的补助金，但他只使用了其中的一小部分，为此他颇感自豪，前年拨付给他了一千英镑，他只花了一百英镑。

“他们要钱干什么？”他说道，“他们只会买传教士的东西，都是些没用的垃圾。”

没有什么特别的原因，也许只是他想展示工作的高效、节俭，他想把他做事的效率和阿皮亚政府种种浪费的做事方式相比较，他雇用当地人干活只付给他们微薄的工资。正是因为这个原因，他和今天来找他的那些人有了冲突。族长的儿子在阿皮亚工作了一年，回来后告诉他们的村民说，阿皮亚政府付给当地人的薪水非常高。在经历漫长而又无所事事的几次谈话过后，族长儿子的话点燃了他们对金钱的渴望。他向他们描绘了拥有巨额财物后的情景。他们可以买威士忌了，威士忌非常贵，因为岛上的法律规定，禁止把威士忌卖给当地人，这样他们只能从白人手里以双倍的价钱去买。他们还想买大檀木箱子，用以存放他们的珍宝，还有香皂和罐装鲑鱼——卡纳卡人[①]即使出卖灵魂也会购买的奢侈品；所以，当他们的行政长官召集他们说，想修建一条从

① 指夏威夷及南太平洋诸岛上的土著人。

他们村子一直通到海边的公路，给他们的报酬是二十英镑时，他们不同意，向沃克要一百英镑。族长的儿子曼努马是个高大英俊的小伙子，古铜色的皮肤，毛茸茸的头发用酸橙染成了红色，脖子上戴着用红色浆果编织的花环，耳朵后面别着一朵鲜花，像猩红的火焰映衬着他棕色的脸庞。他赤裸着上半身，因为他在阿皮亚居住过，为了表明他不再是野蛮人了，他下身没有围缠腰布，而是穿上了工装裤。他告诉大家，如果他们能团结起来，行政长官将不得不接受他们的条件。他一心想修建这条公路，如果他发现出价太少没人干活儿，他就会同意他们的要求。不过他们还是不能去干活儿，不管他说什么他们都应该坚持他们的要价，他们要价一百英镑就是一百英镑。当他们向沃克报出他们的价格时，沃克一阵大笑，好一会才停下来，然后告诉他们别做傻事了，赶快准备干活儿。那天他心情还不错，答应公路建好后会请他们吃一顿大餐。

不过沃克很快发现村里没人开始干活儿，于是他到村子里去问到底是怎么回事。曼努马教得很成功。他们非常冷静，没有试图去争论——卡纳卡人酷爱争论——他们只是耸耸肩：给他们一百英镑他们就干，如果没有一百英镑他们就不干。他看着办，他们不在乎。沃克暴跳如雷。那时的他极其丑陋，气得脸色发紫，吐沫横飞，又粗又短的脖子上青筋暴露。他破口大骂，样子极其可怕，他太清楚怎么伤害和羞辱他们。几个上年纪的当地人开始脸色苍白、神情不安起来。他们开始动摇了。幸亏有见过大世面的曼努马，否则他们早就屈服于他的淫威之下了。这时候是曼努马出来对沃克说：

“付给我们一百英镑，我们就干活。”

他们以为沃克会扑过来。因为这不是沃克第一次自己动手殴打当地人，他们知道他的力气有多大，尽管沃克的年龄是这个年轻人的三倍，而且比他矮六英寸，但他们毫不怀疑曼努马根本不是他的对手。还从来没有人想过要敢反抗行政长官的野蛮攻击。但沃克什么也没说，只是笑了笑。“我不会把时间浪费在一群傻瓜身上，”他说，“我再说一遍。你们知道我给了你们什么，如果你们一周之内还没开始干活，小心点儿。”

他转身走出了族长的小屋，解开他的老马，一个上年纪的男人紧紧抓住另一侧的马镫，沃克脚踩在一块巨石上重重地坐在了马鞍上。这是他和当地人之间一贯的关系模式。

就在当天晚上，沃克和往常一样沿着他住所附近的道路散步时，他听到有什么声音从他身边呼啸而过，“砰”的一声击中了一棵树。是有人朝他扔了什么东西。他本能地躲开了，大喊一声：“是谁？”他往那东西飞来的方向跑过去，听到有人穿过树林逃走了。知道在黑暗中穷追无益，而且他很快就上气不接下气，只好返回到路上四处寻找那东西，却一无所获。周围太暗了，他急忙回到住处，叫上麦金托什和他们的中国厨师。

“有个家伙朝我扔了什么东西，过来找找看是什么。”

他让中国厨师带上灯笼，三人朝那边走去。他们在地上仔细搜寻，然而却毫无发现。突然厨师喉咙里发出一声惊呼，他们转过身去看。他举起灯笼，只看见一把长刀插在一棵椰子树的树干上，在穿透周围黑暗的灯光下，这把刀显得异常邪恶。投掷的力量如此之大，以至于他们费了好大力气才拔出来。

“老天，如果他没有打偏，现在就有我好受的了。”

沃克把刀拿在手里，这是一把水手刀的仿制品。是一百多年前第一批白人带了水手刀，用来将椰子切开，晾干里面的椰肉。这是一件凶器，刀刃有十二英寸长，非常锋利。沃克轻轻地笑了。

“魔鬼，无耻的魔鬼。”

他毫不怀疑是曼努马扔的刀子。只差三英寸，他侥幸逃过一劫。他没有生气。相反，他很兴奋；这次经历让他精神振奋。他们回到住处，要了点儿喝的，他高兴地搓着手。

“我要让他们为此付出代价！”他自负得像只火鸡，半小时之内把事情的每个细节向麦金托什讲了两遍。接着又问他玩不玩皮克牌，玩牌的时候又把他的计划吹嘘了一遍。麦金托什默默地听着，一句话也没有说。

“不过你为什么要这样压榨他们？”他问，“对于他们要干的活儿来说，二十英镑的确太少了。”

“不管我给多少，他们都应该心怀感激。”

“岂有此理，那又不是你的钱。政府拨给你一笔款项，你都花完了他们也不会说什么的。”

“阿皮亚那帮傻瓜。”

麦金托什觉得沃克这么做是因为虚荣。他耸耸肩。

“以你的生命为代价来反对阿皮亚那帮家伙，不值得。”

“上帝保佑，他们不会伤害我的，这些人离不开我。他们崇拜我。曼努马是个傻瓜。他扔那把刀只是为了吓唬我。”

第二天，沃克骑马再次来到这个叫马塔图的村子，他没有下马，直接来到族长家中，看到人们围坐在地上说着什么，他猜他们又是在谈论修路的问题。萨摩亚人的房子是中心向周围倾斜的茅草屋，以一棵高大的树为中心，周围较细一些的树干围成一个圆圈，这些树干间距大约是五六英尺，颇为均匀。椰子做的百叶窗可以在晚上或下雨时拉下。通常房子是四面敞开的，这样风就可以自由地吹过。沃克骑马来到房子旁，向族长喊道：

“喂，坦加图，听着，你儿子昨天晚上把这把刀子忘在一棵树上了，我把它带过来还给你。”

他把刀子扔在人群中间，笑了笑，骑着马缓缓离开了。

星期一，他又出去看他们是否开始干活儿了。他骑马穿过村子，丝毫没有开工的迹象，村民们一切如常，有人在用露兜树叶编垫子，老人们在做卡瓦酒钵，孩子们在玩耍，妇女们则做着家务。沃克面带微笑走进族长的房子。

“塔洛法里。”族长说。

“塔洛法。”沃克回答。

曼努马正在织网。他坐在那里，嘴里叼着一支烟，抬头看着沃克，脸上带着胜利的微笑。

“你们决定好不修路了？”

“除非你付给我们一百英镑。”族长回答。

“你会后悔的，”他转向曼努马，“还有你，我的孩子，如果过不了多久你的背疼得厉害，我一点也不会感到奇怪。”

他笑着骑马走了，这使当地人隐隐感到不安。他们害怕这个又胖又坏的老家伙。无论是传教士对他的诋毁还是曼努马在阿皮亚学到的对他的蔑视，这些都不会让他们忘记他有着恶魔一般的狡猾，没有人在经历他的长期折磨后还能勇敢地面对他。

他们很快就知道了他用了二十四个小时想出来的计划。这是他的风格。第二天一大早，村里来了一大帮人，有男人、女人，还有孩子。领头的人说，沃克雇了他们来修路。沃克出价二十英镑，他们同意了。沃克的狡猾之处在于，波利尼西亚人有个待客的规矩，在岛上具有法律效力，他们不仅要为这群人提供住处，还得提供食物和喝的，他们想待多久就待多久。这种礼仪需要严格执行，马塔图村的居民被算计了。每天早上，工人们兴高采烈地出去，砍伐树木、炸开岩石、平整路面，然后在晚上回来，尽情地吃喝、跳舞、唱赞美诗，享受生活。对他们来说，就像出来野餐一样。很快主人们开始拉长了脸；客人们胃口极好，芭蕉和面包果被他们贪婪地吃光了；鳄梨树的果实本来可以被送到阿皮亚卖个好价钱，但现在也被剥光了。他们只能看看空荡荡的树发呆。很快他们发现客人们干活儿很慢。他们是收到沃克的暗示，让他们慢慢来的吗？按照这个速度下去，当道路完工时，恐怕村里就连一丁点儿食物也剩不下了。更糟糕的是，他们成了笑柄；当他们有人去一个遥远的村子办事时，发现村里发生的事情已经传到了这里，他受尽了嘲笑。没有什么比嘲笑更能让卡纳卡人无法忍受的了。他们回到村子就开始怒气冲冲地议论起来。曼努马不再是英雄，他不得不忍受村民的当面指责。有一天沃克的话变成了现实：一场激烈的争论演变成了一场吵架，五六个年轻人对族长的儿子大打出手，狠狠教训了他一顿，他遍体鳞伤地在露兜树垫上躺了一个星期，在垫子上翻来覆去怎么都不舒服。他们的行政长官每隔一两天就骑上马过来查看修路的进展。他无法抵制嘲笑落败对手的诱惑，也不会错过任何让蒙羞的马塔图居民痛苦的机会。他从精神上摧毁了他们。一天早上，马塔图的居民们把骄傲放进口袋里——当然这是一种比喻，因为他们没有口袋——他们开始和客人们一起修路。如果他们想节省食物的话，就必须尽快完成修路，全村人都加入进来。但是他们默默地工作着，心里充满了愤怒和屈辱，甚至连孩子们也是默默地干活。妇女们一边搬枯树枝一边哭。当沃克看到他们的表情时，笑得几乎要从马鞍上掉下来。消息传播得很快，岛上的居民都要笑死了。这成了全岛上最大的笑话，成了那个狡猾的白人老头儿的最完美的胜利，还没有一个卡纳卡人能算计过他。岛上的居民们带着妻子孩子从远处赶来，就是为了看看这些人到底有多蠢，拒绝了二十英镑的报酬，现在不得不白白干活儿，一英镑也拿不到。

但是主人们越努力，客人们却越不出力了。他们为什么要急匆匆地把活儿干完呢？这里有免费的吃喝，而且他们待的时间越长，这个笑话就会更加好笑。终于一天早上，可怜的村民们再也无法忍受了，他们过来乞求行政长官把这些客人送回他们自己家，如果长官同意的话，他们可以无偿地把剩下的路修完。至此，沃克取得了彻底的、无条件的胜利。他们谦卑地低下了头。沃克那张胖胖的大脸上写满了傲慢自满，此刻他坐在椅子上就像是一只大牛蛙，看上去有些邪恶。麦金托什厌恶地打了个寒战，接着听到沃克声音洪亮地说：

“修路是为了我吗？你们认为我能从中得到什么好处？修路是为了你们，路修好后你们才能舒服地走路，舒服地把你们的椰子干运出去。我原来还愿意付钱给你们干活儿，尽管这些活儿是为你们自己干的。我出的价钱已经够慷慨的了，现在你们必须得付钱，如果你们把路修完，把给他们的二十英镑付了，我就让他们回家。”

村民们一片哗然，大声抗议着，他们试图和他讲道理，告诉他没钱，但是他们说的每句话他都要嘲笑一番。后来钟声响了。

“晚餐时间到了，”他说，“把他们赶出去。”

他费力地从椅子上站起来，走出了房间。麦金托什跟他过来时看到他已经坐在了餐桌旁，脖子上围着餐巾，手里拿着刀叉，已经准备好就餐了。他兴致很高。

“这次我把他们治服气了，”看到麦金托什坐下，他说，“以后修路应该不会有什么麻烦了。”

“我猜你是在开玩笑。”麦金托什冷冷地说。

“你指的是什么？”

“你不会真的打算让他们支付那二十英镑吧？”

“当然是真的。”

“我认为你没有这个权利。”

“是吗？可我认为在这个该死的岛上我有权做任何事情。”

“我觉得他们已经受到了足够的羞辱。”

沃克笑得浑身的肥肉都在跟着颤抖，他才不在乎麦金托什的想法。

“当我需要你的意见时，我会问你的。”麦金托什脸色苍白。以往的痛苦经历告诉他，他除了沉默以外什么也做不了，他费了好大力气才控制住自己，可这种感觉让他感到恶心，感觉快要晕倒了。看着面前的食物，他根本咽不下去。他厌恶地看着旁边狼吞虎咽的沃克。这个肮脏的贪吃的家伙，和他坐在一起吃饭需要有一个强壮的胃。麦金托什打了个寒战。他有一种强烈的欲望，想要羞辱面前这个粗鄙残忍的人；只要能把他打到尘埃里，让他体验他带给别人的痛苦，他愿意付出任何代价，他从来没有像现在这样憎恨过这个横行霸道的家伙。

日子一天天过去，麦金托什原来打算晚餐后休息，但内心激荡的情绪让他无法安宁，他试着去读书，可书上的字好像在不停地游动。太阳无情地照射着，他盼望着能下场雨；不过他也知道雨不会带来清凉，只会让天气变得更加闷热。他是阿伯丁人，他的内心突然渴望着家乡的花岗岩街道上呼啸而过的寒风。在这里，他就是一个囚犯，囚禁他的不仅是平静的大海，还有对这个可恶老头儿的仇恨。他把手按在隐隐作痛的头上，真想杀了他。他竭力克制自己保持镇定，他必须做点儿什么来分散自己的注意力。既然没法读书，那他就打算整理一下他的私人文件，他早就想整理了，但却一直拖着没有动手。他打开书桌的抽屉，拿出一沓信件，突然看到了他的左轮手枪。他的脑子里一股冲动一闪而过：用一颗子弹打穿他的脑袋，他就可以摆脱这种无法忍受的生活的束缚了。他看到由于天气潮湿，左轮手枪有点儿生锈，于是拿来一块油布擦拭起来。正擦着，突然感觉外面有人，他抬起头来大声问道："外面是谁？"

有片刻的沉默，然后曼努马出现在门口。

"你想干什么？"

曼努马闷不作声地站了一会儿，开口说话时，声音有些哽咽。

"我们付不起二十英镑，我们没有钱。"

"我能有什么办法？"麦金托什说，"沃克的话你也听见了。"

曼努马开始恳求他，萨摩亚语中夹杂着英语。像是一首哀鸣的歌，带着乞丐般颤抖的语调，这让麦金托什充满厌恶。面前这个人窝囊成这样，真是让他愤怒，不争气的家伙。

"我也无能为力，"麦金托什有些烦躁，"你知道这里沃克说了算。"

曼努马再次沉默了。他仍然站在门口。

“我生病了，”最后他说，“给我一些药。”

“你怎么了？”

“我也不知道，我不舒服，浑身都疼。”

“别站在那儿了，”麦金托什厉声说道，“进来让我给你看看。”

曼努马走进这个小房间，站在书桌前。

“我浑身都疼。”

他把手放在腰上，脸上露出痛苦的表情。突然麦金托什意识到，从曼努马站在门口开始，他的目光一直停留在他放在书桌上的左轮手枪上。两人之间陷入了沉默，麦金托什感觉无比漫长，他好像读懂了这个卡纳卡人的想法。他的心脏剧烈地跳动着，感到身体好像被什么东西占据了，身体好像受到某种外来力量的驱使，喉咙突然感觉有些发干，他机械地把手放在喉咙上，好像这样能帮助他说出话来。他不敢看曼努马的眼睛。

“你在这儿等着，”他说，声音听起来好像是被人掐住了气管，“我去药房给你拿药。”他站起来，感觉自己走路都有点儿摇晃。曼努马沉默地站着，尽管他一直背着脸，麦金托什知道他正无聊地看着门外。身体在那种外来力量的驱使下离开了房间，他下意识地拿起一沓文件扔在左轮手枪上把它盖住。他去药房拿了一粒药丸，又把一些蓝色的药水倒进一个空瓶子里，拿着走出了药房。他不想再回到自己的房间，站在外面喊曼努马：“过来。”

他把药和服用说明给他，和曼努马说话时，他只是看着他的肩膀，不知道他为什么不敢看这个卡纳卡人。曼努马接过药，从门口溜走了。

麦金托什走进餐厅，又把旧报纸翻了一遍，但是根本就读不进去。房子里静悄悄的。沃克在楼上自己的房间里睡觉，中国厨师正在厨房里忙活。那两个警察在外面钓鱼。一种怪异的宁静笼罩着房子。麦金托什的脑子里一遍又一遍地想着这样一个问题：左轮手枪是不是还在他原来放的地方？但是他又没有勇气回去看，不确定的感觉让他感到害怕，但是一旦确定则更让他感到恐惧。他冷汗直冒，终于再也无法忍受这死一般的寂静，决定去杰维斯的商店里看看。杰维斯的商店离这儿有一英里。虽然杰维斯是混血儿，但毕竟还有白人的血统，这让他觉得可以和他谈一谈。他想离他的房间远一点儿，离那个堆满信件的桌子远一点儿，信件下面现在或许有东西，或许已经没有了。他沿路走着，经过族长漂亮的小屋时还打了招呼。走进杰维斯的商店，他的女儿坐在柜台后面，她皮肤黝黑，脸庞宽宽的，穿着粉色上衣、白色裙子。杰维斯希望麦金托什能娶她，杰维斯很有钱，他告诉麦金托什，他女儿的丈夫会很富裕。女孩看到麦金托什进来不禁脸红了。

“父亲正在拆今天上午刚到的几个箱子，我去告诉他您来了。”

他坐下来，女孩去了商店后面。过了一会儿，女孩的妈妈进来了，向他伸出手。她是一个身材高大的老妇人，是一位女族长，拥有很多土地。她虽然胖得吓人，但还是尽力维持着尊严，和蔼可亲，热情而不谄媚，她很清楚自己的地位。

“您可真是稀客，麦金托什先生。特蕾莎今天早上还说，‘怎么我们现在也见不到麦金托什先生了’。”

一想到成为这个当地老女人的女婿，他不禁打了个寒战。

虽然她丈夫是白人，但她管理丈夫的强硬手段可是远近闻名的。她是一家之主，生意也由她做主，在白人眼中，她不仅仅是杰维斯夫人，她的父亲曾经是有皇族血统的族长，她父亲的父亲曾是国王。杰维斯走了进来，他肤色黝黑，胡须灰白，有一双漂亮的眼睛，牙齿闪闪发光，穿着帆布衣裤，在他妻子的映衬下显得格外瘦小。他非常英国化，说话时夹杂着很多俚语，不过能感觉到英语不是他的母语。他和家人谈话时用的是当地语，他的母亲是当地人。

他卑躬屈膝，擅长巴结逢迎。“啊，麦金托什先生，您的到来真让人喜出望外。特蕾莎，你去拿威士忌，我和麦金托什先生要喝两杯。”

他一边说着岛上最近的新闻，一边观察着客人的眼睛，看看接下来该说些什么。

“沃克先生最近怎么样，最近都没有看到他。我太太这周还打算给他送去一头烤乳猪。”

“我今天早晨看到他骑马回家了。”特蕾莎说。

“这样啊。”杰维斯举起了酒杯。

麦金托什喝了一口，两个女人坐在那儿看着他。杰维斯太太穿着黑色的长罩衣，平静而傲慢。特蕾莎，一看到他看过去赶紧露出笑容，杰维斯则说个不停，让人厌烦。

“在阿皮亚人们都说，沃克该退休了。他年纪也不小了，他来到岛上以后很多事情都在变，而他却不肯变。”

“他做得太过了，”女族长说，“当地人并不满意。”

“我去阿皮亚时和他们说起修路的那个笑话，他们都要笑死了。这个老沃克。”杰维斯说。

麦金托什恶狠狠地看了他一眼，他这么称呼沃克是什么意思？作为一个混血儿的商人，他应该称呼他为沃克先生。他本应该对这种无礼的行为进行严厉的斥责。可不知道为什么没有开口。

“他退休后我希望您能接替他，麦金托什先生。”杰维斯说。“岛上的人都喜欢你。你了解当地人。他们现在都受过教育，不能像过去那样对待他们了。现在岛上需要一个受过教育的人来做行政长官。沃克现在只不过和我一样是个商人而已。”

特蕾莎的眼睛闪闪发光。

“到时候，如果有什么需要我们做的，我们肯定会做。如果需要的话，我会让所有的族长去阿皮亚请愿。”

麦金托什感到极其不舒服。他从来没有想过如果沃克出了什么事，接替的可能是他。的确，没有人比他更了解这个岛。他猛地站起来，匆匆和主人告别就回到了住处，直奔他的房间，快速扫了一眼桌子，在一堆文件中翻找起来。

左轮手枪不见了。

他的心在胸腔里猛烈地跳着，他在椅子上抽屉里到处寻找左轮手枪，绝望地望着四周。他知道找不到左轮手枪了。突然他听到了沃克粗哑热情的声音。

“你在搞什么鬼，麦克？”沃克已站在门口，麦金托什本能地转过身来，把桌上的东西藏起来。

“整理东西？”沃克问他，“我已经让人备好马车了，要去塔夫尼洗澡，你也一起去吧。”

“好的。”麦金托什说。

只要他和沃克在一起，就不会出什么事。他们要去的地方离这儿三英里，那有一个淡水池塘，由一道薄薄的岩石墙和大海隔开，这是行政长官叫人炸出来给当地人洗澡的。在岛上有泉眼的其他地方他也建了池塘洗澡。和又黏又热的海水相比，洗个凉爽的淡水澡让人神清气爽。绿草覆盖的公路此刻静悄悄的，他们驾车涉水经过几处由海水灌入形成的浅滩，路过两个当地人的村庄，那里钟形的小屋相互间隔开来，围绕着中间的白色教堂。他们在第三个村庄前下了马车，把马系好，步行来到池塘边。里面有四五个姑娘，还有六七个孩子。很快他们玩起水来，又喊又叫。沃克腰里围着缠腰布，像一只笨拙的海豚一样游来游去。他和姑娘们开着下流的玩笑，她们潜入水里游到他的下面，当他马上抓住她们时，却把身体一扭游走了，她们玩得不亦乐乎。当他累了，躺在一块岩石上休息时，姑娘和孩子们都围在他周围，真是幸福的一家人。这位大块头的老人，他新月形的白发和发亮的秃顶让他看起来像戴了顶王冠，也让他看起来像某位上了年纪的海神。有一次，麦金托什还从他眼中看到了一种奇怪、温和的神情。

“他们都是可爱的孩子，”他说，“把我当成父亲一样看待。”

紧接着他转身对其中一个姑娘说了句下流话，她们都大笑起来。麦金托什开始穿衣服。他瘦弱的四肢让他的身体看起来有些怪异，像一个邪恶的堂·吉诃德。沃克又拿他开起了粗俗的玩笑，大家都忍住没有大声笑出来。麦金托什正忙着穿衬衣。他知道自己看起来很可笑，但他讨厌别人嘲笑他。他默默地站在那里，对沃克怒目而视。

“如果你还想回去吃晚饭，那就马上走。”

“你不是一个坏家伙，麦克。只是你是个傻瓜。当你做一件事时，总是想着另一件事。不应该这样活着。”

虽然这么说着，他还是慢慢站起来开始穿衣服。他慢悠悠地回到村子，和村长喝了一杯卡瓦酒，愉快地和所有的懒惰的村民们告别后，才驾车回到住处。

晚餐过后，沃克按惯例点上一支雪茄，准备出去散步。麦金托什突然感到一阵恐惧。

“你不认为晚上一个人出去很不明智吗？”

沃克用他那双圆圆的蓝眼睛瞪着他。

“真是见鬼，你到底是什么意思？”

“还记得那天晚上的那把刀吗？你把那帮家伙惹急了。”

“呸！他们不敢。”

“那天已经有人敢了。”

“他们只是虚张声势，不会伤害我的。他们把我当作父亲一样。他们知道无论我做什么都是为了他们好。”

麦金托什轻蔑地看着他。这个人的自满激怒了他，但他有种莫名的东西让他坚持说下去。

“还记得今天早上发生的事吗？今天晚上待在家里对你没坏处。我和你玩皮克牌。”

“我回来后再和你玩。能让我改变计划的卡纳卡人还没有出生呢。”

“那我和你一起去。”

“你就待在这儿。”

麦金托什耸了耸肩。他给了这个人充分的警告。如果他还不注意，那就是他自己的事了。沃克戴上帽子出去了。麦金托什开始读书；但他马上想到了一件事，他最好让别人清楚他今晚的行踪。于是，他来到厨房，找了个借口和厨师聊了几分钟。然后拿出留声机放上一张唱片，留声机开始连续不断地播放着悲伤的乐曲，那是伦敦音乐厅的某个滑稽歌剧里的曲子，他的耳朵却紧张地听着夜里外面的声音。他手肘边的留声机发出嘈杂的声音，但他还是感觉被一种离奇的沉默包围着。他听到海浪撞击礁石的低沉咆哮声，还有微风在远处椰子树的叶子上叹息声。还要多长时间？太可怕了。

一阵沙哑的笑声传到耳边。

“奇迹永远不会停止。你可不常给自己放曲子听，麦克。”

沃克站在窗前率直地说，他脸红红的，看上去颇为愉悦。

“看吧，我活蹦乱跳地回来了。你在玩什么？”

沃克走进房间。

“情绪有点儿不好，嗯？放支曲子振奋精神？”

“我在播放你的安魂曲。”

“那是什么鬼东西？”

“《半份苦啤加一份黑啤》。”

“这首歌也不错。听多少遍都行。现在我准备玩皮克牌把你的钱都赢走。”

他们玩起了皮克牌，沃克依然是对他的对手威逼利诱，使出各种伎俩来达到赢牌的目的，嘲笑他，奚落他犯的各种错误，赢了以后就喜形于色。很快，麦金托什恢复了冷静，似乎他能够以一种超然的乐趣观察这个专横的老人，并且能冷静地对待他。曼努马静静地坐在某个地方，等待着他的机会。

沃克赢了一次又一次，晚上结束时他兴高采烈地把赢来的钱装进了口袋。

“麦克，你想要赢我的话还得再过几年。实际上我天生就有玩牌的天分。”

“如果碰巧拿到十四张A的话，我觉得不需要什么天分。”

“玩得好的人才能拿到好牌，”沃克反驳道，“即使把你的牌给我，我也照样能赢。”

他开始讲述他在不同的场合跟许多臭名昭著的赌棍们玩牌的情景，开始吹嘘他把他们所有的钱都赢走了，这让所有人都大吃一惊。他对自己大加表扬。麦金托什专心地听着。他正在积累对沃克的仇恨；沃克说的每一句话，每一个手势，都让他更加可恶。终于沃克站起身来。

“我得去睡了，”他打了个大大的哈欠，“明天我有许多事情要做。”

“你要去干什么？”

“我得骑马到岛那边去看看。我五点钟就得出发，我可不想很晚才能回来吃晚饭。”

他们通常是七点钟吃晚饭。

“那我们就把晚餐定在七点半。”

“这样也好。”

麦金托什看着他清理烟斗里的烟灰。他体格健壮，精力充沛，想到死亡的阴影一直笼罩在他头上，感觉真是奇怪。想到这儿，麦金托什冰冷阴郁的眼睛里闪现出一丝淡淡的微笑。

“需要我和你一起去吗？”

“看在上帝的份儿上，我要你去干什么？我的那匹母马带我一个人已经够它受的了，它可不想再带上你跑三十英里。”

“也许你还没有太了解马塔图村民的情绪。我感觉我和你一起去会更安全一些。”

沃克突然大笑起来，笑声中充满了蔑视。

“在废物中你肯定算是不错的。再说我可不是吓大的。”

现在，微笑从麦金托什的眼睛蔓延到了他的嘴唇。他的双唇因痛苦有些变形。

“Quem deus vult perdere prius dementat.[①]”

“那是什么鬼东西？”沃克说。

“拉丁语。”麦金托什说完就走了出去。

他低声地笑了。现在他的心情变了。他已经尽力了，其余的就交由命运掌控吧。几个星期以来，他第一次睡得这么踏实。第二天早上醒来后他走出门去，经过一个美好的夜晚后，早晨清新的空气让他感到愉悦和兴奋。和大多数时间相比，今天的大海更为蔚蓝，天空更为灿烂，信风也更为清新，微风拂过，在环礁湖上绽起一道涟漪，就像是在天鹅绒上刷错方向。他感觉自己更强壮、更加年轻。他兴致勃勃地开始了一天的工作。午饭后又睡着一觉。夜幕降临时，他给马套上马鞍，在灌木丛中漫步。用全新的眼光看着眼前的一切。他感觉一切都正常了，让他意想不到的是，他能够完全把沃克抛在脑后。对现在的他而言，沃克可能根本就不存在。

① 拉丁语：神所欲毁之人，必先失其理智。

他回来时已近黄昏，骑马后很热，他又洗了个澡。然后坐在走廊里吸烟，望着环礁湖上落日西沉。夕阳下的环礁湖呈现出玫瑰色、紫色和绿色，异常美丽。他感到自己与世无争，内心平静。厨师出来跟他说晚餐准备好了，问是否还要等一等的时候，麦金托什对他友好地笑了笑，看了看手表。

“现在已经七点半了。最好不要等了。谁也不知道长官什么时候回来。”

厨师点点头，不一会儿麦金托什看见他端着一碗热气腾腾的汤穿过院子。他懒洋洋地站起来，走进餐厅去吃晚饭。事情发生了吗？这种不确定性很有趣，麦金托什无声地笑了。晚餐似乎不像往常那样单调乏味，尽管还是汉堡包牛排，这是厨师在他那点儿可怜的创造力枯竭时就会端上来的一道菜，但是今天尝起来却神奇地美味多汁。晚饭过后，他慢悠悠地到房间去取一本书。他喜欢这种极度的寂静，现在夜幕降临，天空中群星闪耀。他大声喊道说需要一盏灯，很快他就听到那个中国人光脚走路的声音，接着一束光穿破黑暗，他把灯放在桌子上又悄悄地出去了。麦金托什像被定住了一样，一动不动地站在地上，就在一堆文件下面，他的左轮手枪回来了，就在那儿。他的心脏怦怦直跳，冷汗都出来了。那件事已经做完了。

他的手哆哆嗦嗦地拿起来了左轮手枪，里面四个弹膛空了。他停顿了一下，警觉地看了看外面，没有人。他迅速地把四发子弹塞进弹膛，把左轮手枪锁进抽屉里。

他坐下来等待。

一个小时过去了，又一个小时过去了。什么也没有发生。他坐在书桌旁假装写东西，但是他既没有读书也没有写字。他只是在听，竖起耳朵听远处传来的声音。最后他听到了犹豫的脚步声，知道是中国厨师。

“阿宋！”他喊了一声。

男孩来到门口。

“老板回来太晚了，”他说，“晚餐都做好了。”

麦金托什盯着他，怀疑他是否知道发生了什么，等他知道后会不会意识到他和沃克之间的关系。他今天一天都忙于工作，圆滑，沉默，面带微笑。谁又能知道他在想些什么呢？

“我想他已经在路上吃过晚饭了，但你无论如何都要把汤热着。”

话刚说完，就被一阵突如其来的混乱打破了寂静，哭喊声、赤足奔跑的声音一团混乱。一群当地人跑进他们的住处，有男人、女人，还有孩子。他们围住麦金托什争先恐后地和他说话。他们说的话麦金托什一句也没听懂。他们又激动又害怕，有人哭了起来。麦金托什从人群中挤出去，走到门口。尽管他不太明白他们在说什么，但他心里十分清楚出了什么事。刚到门口，一架双轮马车就到了。一个高个子的卡纳卡人牵着沃克的那匹老母马，两个男人蹲在双轮马车上扶着沃克。还有一群当地人围着马车。

那匹母马被牵进院子里，当地人也跟着蜂拥而入。麦金托什大声喊着叫他们退后，两名警察突然不知道从什么地方冒出来，用力把人群推开。现在他终于弄清楚了，几个钓鱼的小伙子在回村的路上遇到了停在浅滩处的马车。当时那匹马正在草地上用鼻子蹭来蹭去。当时天色太黑，他们只能看到沃克庞大的身躯陷在座位和挡板之间。起初，他们以为他是喝醉了，往里面一看都咧嘴笑了，但是他们听到呻吟声才猜测是出事了。他们跑回村子叫人帮忙。当他们带着好多人回来时才发现沃克中枪了。

麦金托什不禁恐惧地问自己，他是不是已经死了。现在首要的是把他从马车上抬下来。由于沃克身体肥胖，这成了一件难事。四个壮汉才把他抬下来。在他们的呼唤下他才发出了一声沉闷的呻吟。他还活着。终于把他抬进房子，上楼，放在了床上。刚才在院子里，虽然点燃了六盏防风灯还是很模糊。这时麦金托什才看清楚了沃克。他白色的帆布裤子上沾满血迹，抬他进来的那几个人在自己的缠腰布上擦了擦手上鲜红黏稠的血。麦金托什把灯举起来，他没想到这个老头的脸色会如此苍白，他双眼紧闭，仍在呼吸，脉搏微弱得几乎摸不到。很明显他已经奄奄一息了。他看到有一个当地办事员在，就告诉他去药房拿药来做皮下注射，声音是他没想到的沙哑恐惧，麦金托什没想到自己会如此胆战心惊。有一个警察拿来了威士忌，麦金托什勉强往沃克嘴里倒了一些。房间里挤满了当地人。他们一个个惊恐不安地坐在地板上，没有人说话，时不时有人失声痛哭。屋里很热，但麦金托什还是感到冷，手脚冰凉，他不得不强忍着才没有让四肢发抖。他不知道沃克是不是还在流血，如果是，他又该怎么才能给他止住血。

办事员拿来了皮下注射针。

“你来给他注射，”麦金托什说，“这些事你比我做得好。”

他头疼得厉害。就好像各种各样野蛮的小动物在脑袋里拼命跳着，试图跑出来。他们观察着注射后的效果。沃克慢慢地睁开了眼睛。显然他不知道自己身在何处。

“别说话，”麦金托什说，“现在你回家了，很安全。”沃克的嘴唇勾勒出一个模糊的微笑。

“他们算计我。”他虚弱地说。

“我已经让杰维斯立刻派摩托艇去阿皮亚了，明天下午医生就来了。”

停顿了好长时间，老人才开口，

“那时我已经死了。”

麦金托什苍白的脸上闪过一丝可怕的神情。他勉强让自己笑了笑。

“别胡说，不要说话了，你会好起来的。”

“给我来一杯，”沃克说，“够劲儿的那种。”

麦金托什双手颤抖着给他倒了一杯加水威士忌，一半水一半威士忌，举到沃克嘴边，沃克贪婪地喝了。他好像感觉好了一些，发出一声长长的叹息，胖胖的脸上也有了一丝红晕。麦金托什感觉异常地无助。他站在那里，紧紧地盯着老人。

“告诉我我应该怎么做，我一定会照办的。”

“没什么需要做的，别管我。我太累了。”

他躺在那张大床上，看上去可怜极了，曾经身材肥硕、胖胖的老人现在如此苍白虚弱，真是让人心碎。休息了一会儿，他的神志好像清醒了一些。

“你是对的，麦克，”他说，“你提醒过我。”

“我真希望当时和你一起去。”

“你是个不错的小伙子，麦克，除了你不喝酒。”

又是一阵长长的沉默，很显然，沃克的情况越来越糟，这是内出血，就连麦金托什这么无知的人都看出他的上司只能活一两个小时了。沃克闭着眼睛躺了半个小时，然后睁开了眼睛。

“他们会让你接替我的工作，”他慢慢地说，“上次在阿皮亚的时候，我告诉过他们说你做得很好。把我的路修完。知道它会修好我就心满意足了。环绕整个岛的公路。”

“我不想接替你的工作，你会好起来的。”

沃克疲倦地摇摇头。

“我的日子到头了。公平对待他们，这是最重要的事，把他们当作孩子一样，你必须时刻记住这点。对待他们态度必须要坚定，但是必须宽容友好，必须公正。我从来没有在他们身上挣过一个先令。这二十年我都没有一百英镑的积蓄。那条路是最重要的事情，把路修完。”

麦金托什发出了一种类似呜咽的哭声。

“你是个好人，麦克。我一直都喜欢你。”

他合上眼睛，麦金托什害怕他再也睁不开了。他的嘴唇特别干，他又给了他一些喝的。中国厨师沉默着给他搬了一把椅子。他坐在床边守候着他。他不知道过了多长时间。夜晚如此漫长。突然坐在地上的一个男人无法控制地大声哭了出来，哭得就像个孩子一样。麦金托什这才看到屋里挤满了当地人。他们都坐在地板上，有男人、女人，还有孩子，都看着床上。

“这些人在这儿干什么？”麦金托什说道，“他们没有权利进来，让他们出去，出去，所有的人。”

沃克似乎被他的话吵醒了，他再次睁开了眼睛，他的眼睛开始模糊了。他想开口说话，但是太虚弱了，麦金托什不得不竖起耳朵使劲听着。

“让他们留下来，他们都是我的孩子。他们应该待在这儿。”

麦金托什转向那些当地人。

“待在这儿吧，他需要你们，但是要保持安静。”

老人苍白的脸上浮现出一丝虚弱的微笑。

“离近点儿。”他说。

麦金托什俯下身来。他闭着眼睛，说的话好像微风拂过椰树枝头。

“再给我来一杯。我有话要说。”

这次麦金托什给了他一杯纯威士忌。沃克使出最后一点儿力气打起精神。

“不要为此大惊小怪。在九五年的时候因为白人被杀发生过动乱，派了舰队来轰炸村庄。许多与此事无关的人也无辜被杀。阿皮亚那帮愚蠢的家伙，如果他们小题大做，肯定会牵扯到无辜的人。我不想任何人因此受到惩罚。”

他停下来休息了一会儿。

“所以，你一定要说这是一场意外。不要怪罪任何人。答应我。”

“我会照你说的去做的。”麦金托什低声说。

“好孩子，你是最棒的。他们都是孩子，我就是他们的父亲。一位父亲只要他力所能及就永远不会让他的孩子卷入麻烦之中。”

他喉咙里发出一阵咯咯的笑声，听起来十分怪异，让人感到可怕。

“你是个虔诚的教徒，麦克。宽恕他们是什么意思，你知道的。”

一时间麦金托什没有回答。他的嘴唇颤抖着。

“宽恕他们，因为他们不知道自己做了什么。

“是的，宽恕他们。我爱他们，你知道的，我一直爱着他们。”

他发出一声叹息，嘴唇微微动了动，现在麦金托什不得不把耳朵贴近他的嘴唇才能听到他说话。

“握住我的手。”他说。

麦金托什深吸了一口气，他的内心无比痛苦。他用自己的手握住了老人的手，那双手冰冷、虚弱又粗糙。他就这样一直坐着，直到突然一声长长的咯咯声打破了寂静。声音十分可怕、古怪，惊得他几乎要从椅子上掉下来。沃克死了。当地人爆发出一阵大哭声，泪水顺着他们的脸颊流下来，他们用力捶打着自己的胸膛。

麦金托什松开老人的手，像醉汉一样摇摇晃晃地走出了房间。他打开写字台上锁着的抽屉，拿出左轮手枪，来到海边，走进了环礁湖里；他小心地涉水前行，以免碰上珊瑚礁，直到水漫到他的腋窝。接着他拿起手枪，一颗子弹穿过了他的脑袋。

一小时后，五六条细长的灰鲨在他倒下溅起水花后，争斗起来。

爱德华·巴纳德的堕落

贝特曼·亨特这两周来睡得一直都不好，在从塔希提岛返回旧金山的船上，他一直想着他必须要说的这件事情该怎么开口。在火车上的三天里他把自己要说的话重复了一遍又一遍。现在再过几个小时就到芝加哥了，他顾虑重重，忐忑不安。他敏感的良知颇有些不安。他不确定在这件事上自己是否还有什么能做但没有做的，他做事喜欢不遗余力，并以此为荣。在一件关系到他切身利益的事上，他情愿效仿堂·吉诃德，牺牲自己的利益成全别人，但偏偏事与愿违，他反倒成了获利的那一方，就好比一位慈善家，想给穷人建造住房，最后却大赚了一笔。一想到做好事而不期望报答，最后还获得了一成的收益，就禁不住感到满足。但是这让他一向自诩的好名声有些尴尬。尽管贝特曼自认为问心无愧，但是他依然不敢面对伊莎贝尔那双灰色的大眼睛。她的眼睛聪明睿智。她诚实公正，做事认真，一丝不苟，她对待别人也同样严苛。如果没有达到她的标准，她就会以冷冷的沉默来表达自己无声的谴责。一旦她做出了决定就是最终宣判，因为她一旦下定决心就绝不会再更改。

但贝特曼觉得这正是她的与众不同之处。他爱她不仅仅因为她身材苗条挺拔、气质高贵，还因为她的性格。她诚实、爱憎分明、无所畏惧，几乎汇集了这个国家所有让他敬佩的女性的优点。此外她身上还有其他美国女孩所没有的精致，他认为这主要归因于她的成长环境，在这个世界上，只有芝加哥才能成就她这种完美的女孩。一想到他必须要说的事情对她的自尊心造成痛苦的打击，他的心里就一阵剧痛，想到爱德华·巴纳德，更是怒火中烧。

火车到达了芝加哥，当他看着长长的街道上一排排灰色房屋时，心中难掩喜悦。一想到斯泰德街和沃巴什大道上拥挤的人行道、来往穿梭的汽车和喧闹声，他有些迫不及待了。他回家了。他很庆幸自己出生在这个美国最重要的城市。旧金山像是个外省，纽约则日渐衰落，和它们相比，芝加哥才是美国未来经济发展的所在。芝加哥凭借其地位和居民的活力，注定要成为美国真正的首都。

走下站台的时候，贝特曼心想："希望我能在有生之年看到芝加哥成为世界上最大的城市。"

来接他的是他的父亲，父子俩长得极为相像，一样的瘦高身材，清秀严肃的五官，薄薄的嘴唇。两人热切地握手后，一起走出了火车站。亨特先生的汽车已经在等他们了，上车后，亨特先生看到他儿子正在看着外面的街道，目光中充满了自豪和喜悦。

“儿子，回来很高兴吧？”他问。

贝特曼说：“是的，很高兴。”他的眼睛凝视着不断变换的景色。

“我猜这边的车辆要比那个太平洋小岛多一些，”亨特先生笑着说，“你喜欢那边吗？”

“我宁愿在芝加哥待着，爸爸。”贝特曼回答。

“你没有把爱德华·巴纳德带回来？”

“没有。”

“他怎么样？”

贝特曼沉默了一会儿，他那张英俊的脸黯淡了下来。

“咱们晚点儿再谈他吧，爸爸。”他开口说道。

“好吧，儿子。你妈妈今天肯定特别高兴。”

他们穿过卢普区拥挤的街道，沿着湖边一直开到家。贝特曼家的房子十分气派，是亨特先生多年前严格按照卢瓦尔河边的一幢城堡修建的。当屋子里终于只剩贝特曼一个人的时候，他立即拿起电话拨了一个号码。当他听到电话那边响起的熟悉的声音时，心怦怦直跳。

“早上好，伊莎贝尔。”他高兴地说。

“早上好，贝特曼。”

“你是怎么听出我的声音的？”

“离上次通电话也没有多长时间啊，而且我也一直在等你的电话。”

“咱们什么时间可以见面？”

“如果你没有别的事情要做，咱们可以今天晚上一起吃饭。”

“你很清楚，没有比见你更重要的事情了。”

“我想你肯定带回来不少新闻。”

他觉察到她声音中有一丝忧虑。

“是的。”他回答。

“好吧，你今晚一定要告诉我。再见。”

她挂断了电话。

伊莎贝尔就是这样，即便这件事对她关系重大，她也可以耐心等上好几个小时。在贝特曼看来，她的克制尤其令人敬佩。

晚餐除了有贝特曼和伊莎贝尔之外，还有伊莎贝尔的父母。看着她从容不迫地和大家闲谈着，他不禁想到了一位即将上断头台的侯爵夫人。明明知道时日无多，却还能坐在这儿闲话家常。她五官精致，短短的上唇带着贵族气质，还有着侯爵夫人一般浓密的金发，很明显，她的血脉是芝加哥最高贵的，虽然这一点并非人人皆知。餐厅的风格也和她的娇美气质相符合。这幢房子是伊莎贝尔让一位来自英国的专家仿照威尼斯大运河上的一座宫殿、按照路易十五的风格设计的。与那位多情的君主相联系的优雅装饰更增加了她的美丽。

因为伊莎贝尔学识渊博，她的谈吐即便随意也绝不让人感觉轻率。现在她正在谈下午她和她妈妈一起去听的音乐会。这是由一位英国诗人在礼堂做的音乐的讲座。接着又谈到了政治局势，接着是她父亲最近刚花五万美元在纽约买的大师的作品。听伊莎贝尔说话是一种享受，让他感觉回到了文明社会，回到了文化中心，回到了文人雅士的中心，心中那些烦乱也平静下来。

“啊，但回到芝加哥真是太好了！”他说。

晚餐结束后，他们走出餐厅，伊莎贝尔对她母亲说：“我带贝特曼去我的书房。我们有很多事情要谈。”

“很好，亲爱的，”朗斯塔夫太太说，“我和你父亲会在杜巴里夫人厅的房间里[①]。谈完以后，可以到那儿去找我们。”

伊莎贝尔领着贝特曼上楼进了书房，这里有他许多美好的回忆，尽管他已经来过很多次，可还是会忍不住发出喜悦的叫声，伊莎贝尔笑了笑，四下打量了一下房间。

“我认为布置得还算可以，”她说，“重要的是恰当。这里面甚至连一个烟灰缸都是那个时期的。”

“我觉得正是因为如此，这个房间才这么完美。你做什么事情都是这么尽善尽美。”

他们坐在火炉前，伊莎贝尔平静而严肃地看着他。

“现在你有什么话要对我说？”她问。

“我不知道该怎么开口。”

① 杜巴里伯爵夫人是路易十五的情妇。

“爱德华·巴纳德回来吗？”

“不回来。”

接下来是长长的沉默，两个人都各自想着自己的心事。过了好久贝特曼才再次开口。他实在不忍心开口，因为他要讲的事情对敏感的她来说是一种冒犯，但是不讲出来显然对她不公平。为了对她公平，也为了对自己公平，他必须告诉她全部的真相。

这件事从头说起。那时他和爱德华·巴纳德还在上大学，他们两人在一次茶话会上认识了伊莎贝尔·朗斯塔夫。那次茶话会是为了庆祝伊莎贝尔初次进入社交界而举办的。他们很早就认识了，那时她还是个孩子，而他们两个也不过是大男孩。后来她去欧洲待了两年，完成了学业。在这次茶话会上，他们惊喜地重新认识了这个可爱的女孩，两个人都疯狂爱上了她。但是贝特曼很快发现伊莎贝尔的眼里只有爱德华。于是，出于对朋友的忠诚，他心甘情愿地充当起了知己的角色。虽然很痛苦，但是他也不得不承认只有爱德华才能配得上这种好运气。

他担心自己的感情会损害他如此珍视的友谊，因此小心地不让它有一丝流露。六个月以后，这对年轻人订婚了。由于他们都还很年轻，伊莎贝尔的父亲决定让他们至少等到爱德华毕业再结婚。这样他们就还得再等一年。贝特曼还记得伊莎贝尔和爱德华即将结婚的那个冬天，那是个排满舞蹈、戏剧派对以及各种非正式的热闹场合的冬天，他这个一成不变的第三者次次到场。他对她的爱并没有因为她即将成为他朋友的妻子而有丝毫的减少。她的笑容，她对他说的一句欢快的话，她流露出的自信，都会让他欣喜不已；他暗自庆幸，甚至有些得意，因为他没有嫉妒他们的幸福。随后发生了一件意外，一家大银行倒闭了，交易所陷入一片恐慌。爱德华·巴纳德的父亲发现自己破产了。有一天晚上回到家中，他告诉妻子说他已经身无分文了。晚餐后他走到书房里开枪自杀了。

一周以后，爱德华·巴纳德面色苍白、疲惫地找到伊莎贝尔要和她解除婚约。她对他的答复就是紧紧地抱住他的脖子哭了起来。

“你这样我心里更加难过了，亲爱的。

“你认为这样我就会让你走吗？我爱你。”

“现在我怎么能还让你嫁给我呢？没有任何希望了，你父亲是绝不会同意的，我一分钱也没有了。”

“我不在乎，我爱你。”

他把他的计划告诉了她，他必须得马上去赚钱。他家有个世交的朋友叫乔治·布伦施密特，说要带他一起做生意。他在南太平洋经商，在南太平洋的许多岛上都设有办事处。他曾建议爱德华到塔希提岛待上一两年，在那儿，由他最好的经理带领，学习各种贸易的操作方法，还许诺学完以后在芝加哥给他安排一个职位。这是个绝好的机会，听他说完后，伊莎贝尔的脸上再次有了笑容。

“你这个傻瓜，为什么刚才让我那么痛苦呢？”

听了她的话，他的脸上顿时亮了起来，眼睛闪着光。

“伊莎贝尔，你的意思是说，你会等我吗？”

“难道你认为你不值得等吗？”她笑了。

“啊，现在你就别嘲笑我了。我恳求你认真一点儿，可能需要两年呢。”

“那怕什么，我爱你，爱德华。等你回来我就嫁给你。”

爱德华的雇主不是一个喜欢拖延的人，告诉他说，如果接受这个职位，一周后就必须从旧金山起航。爱德华出发前的最后一天晚上和伊莎贝尔一起度过。晚餐后，朗斯塔夫先生说他想和爱德华说句话，就和他一起进了吸烟室。在此之前，朗斯塔夫先生和蔼地接受了他女儿告诉他的安排，爱德华想不出他现在还有什么神秘的事情要说。看到对方有些尴尬，他十分困惑。朗斯塔夫先生说话支支吾吾，先是谈论一些琐碎的小事，最后脱口而出：“我想你肯定听说过阿诺德·杰克逊。”他皱起眉头看着爱德华。

爱德华犹豫了一下。虽然他很想否认，但天生的诚实还是让他点点头。

“是的。但那是很久以前的事了。我都没太在意。”

“芝加哥很多人都听说过阿诺德·杰克逊，”朗斯塔夫先生痛苦地说，“即使有人没有听说过他，他也很容易找到愿意告诉他们的人。你知道他是朗斯塔夫太太的兄弟吗？”

“是的，我知道。”

“当然，我们已经好多年没和他联系了，一有机会他立刻就离开了这个国家，当然这个国家少了他也不会有什么遗憾。我们知道他住在塔希提岛。我给你的建议是对他敬而远之，但如果你有他的任何消息，请告诉我们，朗斯塔夫太太和我都会很高兴的。”

“当然。”

“我想说的就是这些，我猜你一定想去女士们那边了。”

几乎每个家族都有这么一个家庭成员，如果邻居不提的话，别的家族成员宁愿把他忘掉，如果经过一两代人以后这个成员能增添一些浪漫的魅力，那也算是这个家族的幸运了。但当他还活着的时候，他的不当行为不可以用“他不是任何人的敌人，他只是自己害自己”这句话来形容的话，他的过错并不只是酗酒或者用情不专，唯一可行的办法就是保持沉默。朗斯塔夫家族对阿诺德·杰克逊就是采取了这种态度。他们从来不谈论他。他们甚至不愿走过他曾经居住过的街道。他们为人善良，不愿让他的妻儿为此受苦，这么多年来一直在接济他们，唯一的条件就是他们要搬到欧洲去。他们尽一切努力抹去对阿诺德·杰克逊的所有回忆，但同时也意识到人们对那件事依然记忆犹新，至今还清晰地记得丑闻刚曝出的情景。阿诺德·杰克逊是任何一个家族都无法忍受的害群之马。有一位富有的银行家，在教区也是名人，是一位慈善家，一位受到所有人尊敬的人，不仅因为他的人际关系（他的血液里有芝加哥贵族血统），而且因为他的正直品格，有一天他以欺诈罪被捕；审判显示出的欺诈行为无法用一时经不起诱惑来解释，而是经过精心策划、深思熟虑的结果。阿诺德·杰克逊就是个恶棍。当他被判入狱监禁七年时，几乎所有人都认为他轻松逃脱了惩罚。

在这最后一晚的分离时刻，这对恋人信誓旦旦，依依不舍。她确信爱德华对她热烈的爱，这使她得到了些许安慰。她现在的感觉很奇怪。离别让她很是伤感，但同时她也很高兴，因为知道他爱她。

这是两年多以前的事了。

从那以后，每班邮轮都会带来他的信件，也就是二十四封信件，因为邮轮每月一班。他的信件和恋人之间的信件一般无二，亲密动人，有时幽默、温柔，尤其是最近。最初的信件流露出思乡之情，说想回到芝加哥，想回到伊莎贝尔身边。她有点儿担心，写信给他恳求他坚持下去。她很担心他会放弃这次机会，匆匆赶回来。她希望让她的恋人能坚持下去，于是引用了这首诗寄给他：

假如我更爱荣名，亲爱的，
我将不配爱你。[①]

不过，不久他似乎安定下来，看到他越来越积极地把美国人

---

① 引自英国诗人理查德·洛夫莱斯（Richard Lovelace，1618 — 1657）的《出征致鲁卡斯妲》。

的方式引入到那个被世界遗忘的角落，她的心里特别高兴。到第一年年底的时候，他在塔希提岛必须停留的最短期限即将结束，她打算用自己全部的影响力劝他不要回来。如果他能全面地学习经营岂不是更好，既然已经等了一年那就没有理由不再等一年。她与贝特曼·亨特讨论了这件事，他一直是她慷慨的朋友（在爱德华刚离开的那些日子，如果没有他，她真不知道该怎么办），他们认为爱德华的未来是最重要的。她发现随着时间的推移，他没有再提回来的事情，这让她松了口气。

“他真棒，对吧？”她高声地对贝特曼说。

“他诚实清白，无可挑剔。”

“从他的信的字里行间可以看出他讨厌那里，但是他坚持下来是因为……”

她的脸有点儿红，贝特曼带着严肃而迷人的微笑，替她说完了后面的话。

“因为他爱你。”

“和他相比我不算什么。”她说。

“你太棒了，伊莎贝尔，你真是太棒了。”

第二年过去了，虽然伊莎贝尔每个月还会收到爱德华的来信，但是奇怪的是他没有再提回来的事。从他写信的语气来看，他好像确定在塔希提岛定居了，而且还过得安逸舒适。她很吃惊，然后她把他以前的所有的信拿出来，读了一遍又一遍，从信的字里行间她发现她忽略了一些变化。后来的信和原来一样温柔，令人愉快，但是语气变了。她对其中的情绪有一些模糊的怀疑，对于这种无法理解的变化有着女性本能的怀疑，她从中觉察到一种轻率，这让她感到困惑。她不确定现在给她写信的爱德华就是她认识的那个爱德华。

一天下午，在她收到塔希提岛寄来邮件的第二天，当她和贝特曼在车上时，贝特曼对她说：

“爱德华告诉你他什么时候出发了吗？”

“没有，他没说，我还以为他已经和你说了呢。”

“他根本没提。”

“你知道爱德华，”她笑着回答，“他根本就没有时间观念。如果你下次写信时想起这件事，你问问他什么时候回来。”

她的态度如此漠然，也只有贝特曼这样敏感的人才能从她的话中感觉到她迫切的希望。他轻轻地笑了。

“好的。我会问他的。我也不知道他在想什么。”

几天后，她再次见到他时，感觉到他有什么烦恼的事情。自从爱德华离开芝加哥以来，他们经常在一起，他们两个都关心着爱德华，每当其中一个人想谈谈这位缺席的朋友时，另一个人都是忠实的聆听者。所以，伊莎贝尔了解贝特曼脸上的每一个表情，现在他的否认对她敏锐的本能毫无用处。感觉告诉她，贝特曼烦躁的表情与爱德华有关，直到逼他坦白她才安心。

“情况是这样的，”他终于说道，“我听说爱德华已不在布伦施密特公司工作了，昨天我也找机会问过布伦施密特先生本人了。”

“嗯？”

“爱德华差不多在一年前离职了。”

“他竟然什么也没说，这太奇怪了！”

贝特曼犹豫了一下，但既然已经说到这儿了，他不得不继续说下去。接下来的话让他感到非常尴尬。

“他被解雇了。”

“天哪，为什么？”

“好像他们警告过他一两次，最后只能让他走了。他们说他懒惰无能。”

“是爱德华吗？”

他们沉默了一会儿，然后他看到伊莎贝尔哭了。他本能地抓住她的手。

“哦，亲爱的，不要哭，不要这样，”他说，“这样我受不了。”

她焦虑不安，任由他握着她的手。贝特曼试图安慰她。

“这真让人无法理解，对吧，这不像爱德华，中间肯定有什么误会。”

她停了好一会儿，才犹犹豫豫地说：“你有没有感觉到他最近的信有些奇怪？”她眼睛里都是泪水。

他不知道该如何回答。

“我注意到有一些变化，”他说，“他身上似乎没有了原来让我最为钦佩的严肃和认真，几乎让人觉得那些重要的事情——都没那么重要了。”

伊莎贝尔没有回答。她有些不安。

“也许下封给你回信时，他就会告诉你什么时候回来。我们所能做的就只有等待。”

他们又各自收到了爱德华写的回信，但他都没有提到归期；不过他写这封信时，肯定还没收到贝特曼询问的信。下一封信会带给他们答案。

下一封信来了，贝特曼给伊莎贝尔带来了他刚收到的那封信；但第一眼看到他脸上的表情就知道他很不安。她拿过来仔细地读了一遍，她双唇微闭，又读了一遍。

“这封信很奇怪，”她说，“我不太明白。”

“他在和我开玩笑。”贝特曼说，脸有点儿红。

“读起来是这个意思。”

“读起来是这样的，但他肯定不是故意的。这一点儿都不像是爱德华。”

“他没提什么时候回来。”

“如果不是我对他的爱有信心，我会想……我都不知道自己会怎么想。”

就是在那时，贝特曼提出了下午他想好的计划。他所在的公司生产各种机动车辆，是他父亲创办的，现在他是公司合伙人。现在公司要在火奴鲁鲁、悉尼和惠灵顿建立办事处，原来打算让经理们去，现在贝特曼打算自己去。他回程时可以从塔希提岛返回；事实上，如果从惠灵顿返回，塔希提岛是必经之地；这样他就可以见到爱德华。

“情况有些捉摸不透。要把它弄清楚，只能这么做了。”

“哦，贝特曼，你怎么能这么好，这么善良？”她说道。

“伊莎贝尔，你知道，世界上没有什么比你的幸福对我更重要的了。”

她看着他，把手伸过来。

“你太好了，贝特曼。我不知道世界上还有像你这样帮助我的人。我该怎么感谢你呢？”

“我不需要你的感谢。只要你允许我帮助你。”

她垂下眼帘，脸有点儿红。她对他太熟悉了，以至于忘了他有多英俊。他和爱德华一样身材高大健硕，但他一头黑发，脸色有些苍白，而爱德华脸色红润。她当然知道他爱她。这让她很感动，对他温柔起来。

贝特曼·亨特就是从这次旅行中回来的。

在生意上花费的时间比他预想的要长一些。这给了他更多的时间去考虑他的这两个朋友。他得出的结论是，阻止爱德华回家的不可能是什么严重的事情，也许是自尊心让他下定决心在娶到他深爱的新娘之前混出个样子来，但是这种自尊心必须要理智对待，因为伊莎贝尔很不高兴。爱德华必须马上和他一起回到芝加哥，和伊莎贝尔结婚。他可以在亨特汽车牵引公司找到一份工作。贝特曼的心在流血，但他很高兴以自己的幸福为代价给世界上他最爱的两个人带来幸福。他不会结婚了。他将是爱德华和伊莎贝尔孩子们的教父。许多年以后，当他们都去世了的时候，他会告诉伊莎贝尔的女儿，他爱她的母亲已经很久很久了。当他想到这一幕时，不禁泪眼蒙胧。他打算让爱德华大吃一惊，所以没有发电报说他要来。当他终于在塔希提岛上岸时，他让一个自称是店主儿子的年轻人带他去了鲜花酒店。当他想到爱德华看到他这个最不可能出现在岛上的人时的惊讶，忍不住咯咯地笑起来。

"顺便问一下，"他问身边的年轻人，"你能告诉我爱德华·巴纳德先生在哪儿吗？"

"巴纳德？"年轻人说，"我好像听说过这个名字。"

"他是美国人。高个子，浅棕色的头发，蓝色眼睛。他来这儿已经两年多了。"

"现在我知道您说的是谁了。你说的是杰克逊先生的外甥。"

贝特曼冷冷地说："我想我们说的不是一个人。"

他被吓了一跳，显然这里的人似乎都认识阿诺德·杰克逊。很奇怪阿诺德·杰克逊在这里使用的还是被判刑时的那个极其不光彩的名字。贝特曼也想象不出谁会冒充他的外甥，朗斯塔夫太太是他唯一的妹妹，而且他也没有兄弟。他身旁的年轻人口若悬河讲个不停，不过他说的英语听起来带着当地口音。贝特曼瞥了他一眼发现，原先他没有注意到，这个年轻人有着当地人的血统，他举止中不由自主地多了一些傲慢。到达酒店安排好房间后，贝特曼就找人带着他去了布伦施密特公司。公司就在前面，面对着环礁湖。在海上漂泊了八天之后，现在能脚踏实地地踩在坚实的土地上他很是高兴。在明媚的阳光下，他悠闲地沿着大路向水边走去。找到地方后，他把自己的名片递给经理，然后被带着穿过一个半是店铺半是仓库类的房间，来到了一间办公室，里面坐着一个胖胖的秃顶男人，戴着眼镜。

“您能告诉我在哪儿可以找到爱德华·巴纳德先生吗？我知道他在这儿工作过一段时间。”

“是在这儿工作过，但是现在我也不知道他在哪儿。”

“是布伦施密特先生推荐他来到这里的。我和布伦施密特先生很熟。”

胖子用精明、怀疑的目光看着贝特曼。他叫来了仓库里的一个男孩。

“嘿，亨利，巴纳德现在在哪儿，你知道吗？”

“他可能在卡梅隆家工作。”仓库里有人喊道。

胖子点点头。

“从这里向左拐，大约三分钟后会到卡梅隆家了。”

贝特曼犹豫了一下。

“我想我应该告诉你，爱德华·巴纳德是我最好的朋友。当我听说他离开了布伦施密特公司时，我非常惊讶。”

胖子眯起了眼睛，目不转睛地盯着贝特曼，这让他非常不舒服，他觉得自己的脸涨红了。

“我猜是因为布伦施密特公司和爱德华·巴纳德在某些问题上没有达成一致意见。”他回答说。

贝特曼不太喜欢这家伙的态度，便站了起来，客气地对他说打扰了，礼貌地告别后离开了那个地方。他有一种奇怪的感觉，刚才那个胖胖的家伙好像有好多话要说，但不知道为什么没说。他沿着刚才他指的方向很快就到了卡梅隆家。这是一家商铺，一路上这样的店铺有很多。走进去他看到的第一个人就是爱德华，他身穿衬衣，袖子高高挽起，正在给顾客量一块棉布。看到他干着如此卑微的工作，贝特曼大吃一惊。他刚一进来爱德华就抬头看见了他，发出一声惊喜的欢呼。

“贝特曼！你怎么来了？”

他把手伸过柜台，紧紧握住贝特曼的手。他的举止自然，贝特曼却感觉很尴尬。

“稍等，我把这个叠好。”

他动作娴熟地拿起剪刀，裁开、叠好、包起来，做成一个小包，递给那位黑皮肤的顾客。

“请到柜台付款。”

然后，他转过来面对着贝特曼，面带微笑，目光明亮。

“你怎么来的？啊，见到你我太高兴了。坐下，老伙计。快坐下。”

“这里不方便说话，和我去酒店吧。你现在能走吗？”

他有些担心地加了一句话。

“当然可以走。在塔希提岛可没芝加哥那么忙。”

他朝对面柜面的一个中国人喊了一声说：“阿林，老板来了以后你告诉他，我的一个朋友从美国来了，我出去和他喝一杯。”

“好的。”那个中国人咧嘴笑了笑。

爱德华穿上外套，戴上帽子，和贝特曼一起走出了商店。贝特曼开玩笑地和他说：“你竟然会在这儿卖破棉布给那些脏兮兮的黑鬼，真没想到啊，哈哈哈。”

“布伦施密特把我解雇了，不过，这个工作也不错。”

爱德华的坦率让贝特曼非常惊讶，不过，他认为继续谈论这个话题是不明智的。

“我想你在这里也没赚到多少钱。”他说。

“是啊，不过够我吃住的了，我的要求不高。”

“两年前你可不会这么想。”

“人长大了，就变聪明了。”爱德华反驳道，看起来很快活。

贝特曼瞥了他一眼。爱德华穿着一身破旧的白色帆布衣服，不怎么干净，戴着一顶当地人编织的大草帽。他比以前瘦了，也晒黑了，当然比以往任何时候都更好看。但他的样子让贝特曼有些不安。他走起路来和原来不太一样，有一种洋洋自得的感觉，好像什么都无所谓。贝特曼不知道该说什么，但这让他感到非常困惑。

他心里想：“天知道这个家伙为什么看上去这么快活！”

他们到了酒店，在阳台上坐下来。一个中国男孩给他们端来鸡尾酒。爱德华急切地想知道关于芝加哥的所有消息，连珠炮般问了一大堆问题。他真诚而自然，但是奇怪的是，他没有什么特别的倾向，比如他想知道贝特曼的父亲最近怎么样，和他想知道伊莎贝尔在做什么的急切程度一样。谈起伊莎贝尔来，他没有丝毫的害羞，好像是在谈论他的姐妹而不是未婚妻。贝特曼还没有弄明白他的意思，他就已经把话题转移到贝特曼的工作和他父亲最近修建的大楼上了。他正在考虑如何把话题转移到伊莎贝尔身上时，看到爱德华热情地朝着一个人挥手。一个人朝他们走过来，但是贝特曼背对着来人，看不见是谁。

“过来坐。”爱德华高兴地说。

那人走了过来。他又瘦又高，穿着白色的帆布衣服，一头卷曲的白发。脸也是又瘦又长，大大的鹰钩鼻，嘴很漂亮，且富于表情。

“这是我的老朋友贝特曼·亨特。我和你提起过他。”爱德华说，嘴角一直地挂着微笑。

“很高兴认识你，亨特先生。我以前认识你父亲。”

陌生人伸出手，友好而有力地握住了年轻人的手。这时，爱德华介绍说：

“这是阿诺德·杰克逊先生。”

贝特曼脸色发白，双手也变得冰凉，这是伪造支票的人，是个罪犯，是伊莎贝尔的舅舅。他一时讷讷无言。他试图掩饰自己的窘迫。阿诺德·杰克逊看着他，眨了眨眼睛。

“我猜你肯定听说过我的名字。”

贝特曼不知道该说“是”还是“不是”，让他更尴尬的是杰克逊和爱德华都被他的样子逗笑了。在这个岛上被迫结识一个他竭力避开的人就已经够倒霉的了，更糟糕的是还被人嘲笑了。或许他得出的结论太快了，杰克逊先生继续说道：

“我知道你们家和朗斯塔夫家关系很好，玛丽·朗斯塔夫是我妹妹。”

贝特曼心想阿诺德·杰克逊是不是会认为他不知道那件芝加哥有史以来最大的丑闻。杰克逊把手放在爱德华的肩膀上。

“我不坐了，特迪[①]，”他说，“我还有事。今天晚上你们两个来我家吃饭吧。”

“好啊。”爱德华说。

“非常感谢您的邀请，杰克逊先生，”贝特曼冷冷地说，“不过我在这儿待不了多长时间。明天就乘船走了；今晚我就不去打扰了，请您谅解。”

“哦，别和我客气。我请你吃当地特色的大餐，我妻子做菜很棒。你和特迪一起过来，早点儿来还可以看到日落。如果你愿意的话，还可以在那儿住一晚上。”

“我们肯定会去，”爱德华说，“晚上有船靠岸，酒店里会

① 爱德华的昵称。

非常吵闹，过去我们可以好好聊聊。”

“我可不会放你走，亨特先生，”杰克逊极其亲切地继续说，“我想听你讲讲芝加哥和玛丽的事呢。”

他朝他们点了点头，贝特曼还来不及说什么他就离开了。

“在塔希提岛是不能拒绝别人邀请的，”爱德华笑着说，“在杰克逊先生家，你可以尝到最美味的晚餐。”

“他说他的妻子做菜很棒是什么意思？我听说他妻子好像在日内瓦。”

“对于一个妻子来说，离这儿太远了，不是吗？”爱德华说，“他已经很久没见到她了。他说的是另一个妻子。”

贝特曼沉默了一会儿。他满脸严肃。看到爱德华一脸戏谑，他的脸立即黑了。

“阿诺德·杰克逊是个卑鄙的流氓。”他说。

“恐怕他是。”爱德华微笑着回答。

“我看不明白一个正派人怎么会和他来往。”

“或许我不是一个正派人。”

“爱德华，你经常见到他吗？”

“是啊，经常看到。他收了我做他的外甥。”

贝特曼身体前倾，用探究的目光盯着爱德华。

“你喜欢他吗？”

“非常喜欢。”

“难道你不知道，难道这里每个人都不知道他伪造票据被判有罪吗？他应该被赶出文明社会。”

爱德华没有说话，他只是看着烟圈从手里的雪茄烟袅袅升到散发着香味的空气中。

“我想他是个十足的无赖，”他最后说，“我承认，对自己的罪过有了悔改不能成为宽恕他的理由。他是个骗子和伪君子，这无可逃避。我和他很是投缘。他教会了我许多东西。”

“他教会了你什么？”贝特曼惊讶地喊道。

“如何生活。”

贝特曼一阵大笑，笑声中充满了讽刺。

“真是一位好老师，就是由于他的教诲，你才失去了挣大钱的机会，现在在一个小杂货店里站柜台维持生计！”

“他是个很有魅力的人，”爱德华好脾气地笑着，“今天晚上过去你就知道了。”

“不管你怎么说，我是不会和他一起吃饭的，没有什么能诱使我踏进那个人的房子。”

“去吧，就算是为了我，贝特曼。咱们是这么多年的老朋友了，就算是我求你帮个忙，你不会拒绝吧？”

爱德华说话的语气让他感到很陌生，语气温柔得让人难以拒绝。

贝特曼想，这样也好，正好可以进一步地了解阿诺德·杰克逊。很显然，他对爱德华有极大的影响力，要想说服爱德华回芝加哥，就得弄清楚他是怎么影响他的。和爱德华谈得越多，贝特曼越意识到他变了很多。他有一种本能，他应该谨慎一些，所以他决定，在把这些事情弄清楚之前，先不把他这次来的真实目的告诉爱德华。

于是他开始谈论别的事情，从他的旅程、他来出差的目的、芝加哥的政治到他们共同的朋友，再到他们一起度过的大学时光。

终于，爱德华说他必须得回去工作了。下午五点钟他来接他，然后再一起驾车去阿诺德·杰克逊的家里。

“我还以为你住在这家酒店呢，”他送爱德华走出酒店时说，“这好像是这里唯一一家还像点样子的酒店。”

“没有，”爱德华笑着说，“这里对我太奢侈了，我在城外租了一个房间，那儿又便宜又干净。”

“如果我没记错的话，你在芝加哥的时候，这不是你注重的东西。”

“芝加哥！”

“我不明白你这是什么意思，爱德华，芝加哥是世界上最好的城市。”

“我知道。”爱德华说。

爱德华快速地瞥了他一眼，还是看不出他的想法。

“你什么时候回去？”

“我也经常在想。”爱德华笑着说。

爱德华的回答以及他的态度，让贝特曼感到震惊。他刚想让爱德华解释一下，就看到他朝着一辆从这儿路过的汽车挥了挥手，开车的是个混血儿。

“查理，搭个车。”他说。

他向贝特曼点了点头，然后跑去追赶停在前面几码远的那辆车了，只留下满腹疑问的贝特曼站在那里。

五点钟的时候，爱德华赶着一辆快要散架的马车来接贝特曼。拉车的是匹老母马。他们走在海边的马路上，道路两边全是种植园，种着椰子和香草；时不时地还能看到高大茂盛的芒果树，它的果实呈黄色、红色还有紫色，交织在浓密的绿叶中，煞是好看；环礁湖在前面若隐若现，蔚蓝的湖水一片平静。中间有座小岛，风景优美，上面长满了高大的棕榈树。阿诺德·杰克逊的房子坐落在一座小山上，只有一条小路可以上去。他们卸下马具，把那匹母马拴在一棵树上，马车就留在路边。让贝特曼来说，这是一种随遇而安的做事方式。他们走到房子门口时，一位高个子当地妇女出来迎接他们，她虽然已经不再年轻，但依然容貌秀丽。爱德华和她热情地握手，然后把贝特曼介绍给她。

“这是我的朋友亨特先生。我们一起过来吃晚餐，辛苦你了，拉维娜。”

“好的，”她面带微笑，“阿诺德还没有回来。”

“我们下午先洗个澡，麻烦给我们拿两条帕瑞欧[1]来。”

---

① 指的是游泳时系在身上的大花布。

拉维娜点点头，走进屋子里。

“这是谁？”贝特曼问。

“哦，她是拉维娜，阿诺德的妻子。”

贝特曼紧闭双唇，什么也没说。过了一会儿，拉维娜拿来一个小包裹，递给了爱德华。他们爬上陡峭的山路，来到沙滩上的椰树林里。脱掉衣服，爱德华教贝特曼怎么把手里这块叫帕瑞欧的红棉布做成一条漂亮的游泳短裤。很快，他们在温暖的浅水里嬉戏起来。爱德华玩得很高兴，又唱又跳又笑，高兴得像是十几岁的孩子。贝特曼从来没有见他这么高兴过。然后，他们躺在沙滩上，呼吸着清新的空气。然后再点上一支香烟，看着爱德华如此无忧无虑轻松愉快，贝特曼大吃一惊。

“看来你觉得这儿的生活非常快乐。”他说。

“是啊。”

他们听到一阵轻微的响动，转过头看是阿诺德·杰克逊正向他们走来。

“我来叫你们回去，”他说，“洗得舒服吗，亨特先生？”

“非常舒服。”贝特曼说。

阿诺德·杰克逊没有穿白天的帆布衣服，腰间只围着一条帕瑞欧，也没有穿鞋子，皮肤被阳光晒成了棕色。发白的卷发，苦行僧一般的面孔再配上当地人的一身打扮，让他看上去有些怪诞，但他却毫不自觉。

“如果洗好了，咱们就上去吧。”杰克逊说。

“我这就穿衣服。”贝特曼说。

“特迪，你怎么没给你的朋友带一条帕瑞欧？”

“我想他宁愿穿衣服。”爱德华笑着说。

“我当然习惯穿衣服。”贝特曼严肃地说，他看到在他还没穿好衬衣时，爱德华已经系好了缠腰布，正等着他呢。

“你不觉得不穿鞋子走路很难受吗？”他问爱德华，“路上有很多石子。”

“哦，我已经习惯了。”

“从外面回到家里，穿上帕瑞欧，很是舒适，”杰克逊说，“如果你打算常住，我强烈建议你穿上试一试。这是我见过的最朴素实用的衣服，凉爽、方便还便宜。”

他们回到杰克逊家里，杰克逊带他们走进一个大大的房间，雪白的墙壁，开放式的天花板。餐桌已经摆好。贝特曼注意到摆放了五套餐具。

“伊娃，过来见见特迪的朋友，然后给我们调一杯鸡尾酒。”杰克逊喊道。

然后他带着贝特曼来到一扇高高的落地窗前。

“看那边，”他做了一个夸张的手势，“仔细看。”

在他们的下方，椰树林沿着山坡蜿蜒而下直到环礁湖。在夜晚灯光的照耀下，环礁湖的色彩柔和，变幻多端。不远处有条小溪，旁边是当地人村子里的小屋。面向礁石的地方有一只轮廓分明的独木舟，舟上有两个当地人在钓鱼。然后再远处大约二十英里的地方就是广阔平静的太平洋。那里虚无缥缈，不似凡间，似乎是用诗人的梦幻编织而成。那个美如仙境的小岛是莫里阿岛，贝特曼被它的美丽深深地吸引住了。

“我从来没有见过这么美的地方。”他喃喃自语。

阿诺德·杰克逊目不转睛地望着他前面，眼中流露出梦幻般的温柔。他瘦削的脸上非常严肃，一副深思的表情。贝特曼瞥了一眼，意识到他内心情感的丰富。

“真美，”阿诺德·杰克逊低声说，“你很少能这么近距离地观看如此美丽的景色。好好看看吧，亨特先生。因为以后你永远也看不到了，因为这一刻是短暂的，但在你心中却是永恒的。你触摸到了永恒。”

他的声音低沉而富有磁性，似乎在诉说心中最纯粹的理想主义。贝特曼不得不提醒自己，说话的人是个罪犯，是个不择手段的骗子。这时爱德华似乎听到了什么动静，迅速转过身来。

“这是我的女儿，亨特先生。”

贝特曼和她握了握手。她长着一双漂亮的黑眼睛，嘴唇红红的，唇边带着笑意，乌黑的卷发波浪般披散在肩上。她身上穿了一件粉红色棉布的罩衣，赤着双脚，头上戴着白色香草编织而成的花环，样子非常可爱，就像是波利尼西亚的春之女神。

她有点儿害羞。看到这个精灵一般的女孩动作娴熟地拿起调酒器调了三杯鸡尾酒，贝特曼比她还要紧张。

“给我们来杯有劲儿的，宝贝儿。”杰克逊说。

女孩把调好的酒倒出来，笑意盈盈地递给每人一杯。贝特曼一直自诩是调鸡尾酒的高手，但尝了一口后，发现味道非常好，他不禁面露惊讶。当看到客人的表情后，杰克逊骄傲地大笑起来。

“不错吧？是我教给她的，原来在芝加哥的时候，我总觉得就没有一家酒吧能比得上我的水平。后来在监狱里我无事可做，于是整天琢磨调制鸡尾酒的新花样来自娱自乐。但是说到酒，最好喝的还是马丁尼。”

贝特曼感觉好像有人给了他重重一记肘击，他的脸色由红变白。他刚想说点儿什么，一个当地男孩端来了一大碗汤，大家坐下来开始吃晚饭。阿诺德·杰克逊被自己刚才的话唤起了一连串的回忆，他开始谈起自己在狱中的日子。他语气自然，不带任何埋怨的情绪，就好像他在讲述国外大学的经历。他是讲给贝特曼听的，贝特曼刚开始是困惑不解，然后就是不知所措。他看到爱德华的眼睛一直盯着他，眼里还闪烁着愉悦的光芒。他的脸涨得通红，因为他突然意识到杰克逊是在戏弄他，然后又感觉自己很荒谬——他知道自己没有理由这样——他有点儿生气，阿诺德·杰克逊真是厚颜无耻，没有其他词来形容他了，他的冷漠无情，不管是不是装出来的，都让人无法忍受。

晚餐继续进行。贝特曼被劝着吃了许多大杂烩、生鱼，还有许多他叫不上名字的菜。刚开始他只是出于礼貌才咽下去的，但是让他吃惊的是，竟然极其美味。随后发生了一件今晚最令他感到尴尬的事情：看到他面前放着一个小小的花环，纯粹是寻找话题，他冒昧地说了一句“这花环真好看”。

“这是伊娃给你做的，”杰克逊说，“但我猜她太害羞了，不敢给你。”

贝特曼把它拿在手里，礼貌地感谢了小女孩。

“你得戴上它。”女孩面带着微笑说，脸红红的。

“我？我可不能戴这个。”

“这是当地的风俗。”阿诺德·杰克逊说。

杰克逊面前也有一个，他拿起来戴在了自己的头上。

有一个在爱德华面前，他把它放在他的头发上。贝特曼也这样做了。

“我想，我今天穿的衣服和这个不太搭配。”贝特曼不自在地说。

“你想穿帕瑞欧吗？”伊娃马上说，“我这就去给你拿一件。”

“不用了，谢谢你。我这样很舒服。”

“告诉他怎么戴，伊娃。”爱德华说。

在这一刻，贝特曼真恨他这位伟大的朋友。伊娃站起身来，笑着把花环戴在了他头上。

“这很适合你，”杰克逊夫人微笑着说，“很适合他，对吧阿诺德？”

“当然很适合。”

贝特曼每个毛孔都在冒汗。

“真是很遗憾天黑了，”伊娃说，“要不然我可以给你们三个拍照。”

贝特曼暗自庆幸，真是谢天谢地，想象一下，他穿着蓝色的高领哔叽西装，颇具绅士风度，可头上戴上可笑的花环，那样子要多傻有多傻。他从来没有这样富有自制力，明明怒火中烧，却又不得不装出一副和蔼可亲的样子。看着坐在主人位置上的那个男人，花白的头发上戴着花环，半裸着上身，一副圣洁的样子，他的内心充满了愤怒。

晚餐结束了，伊娃和她母亲留下来收拾餐桌。他们三个男人则坐到阳台上。天气很暖和，空气中弥漫着夜晚开放的一种白花的香味。一轮满月升上晴朗的夜空，在辽阔的海面上照亮了一条通向无限永恒的道路。阿诺德·杰克逊开始讲话。他的声音悦耳而富于变化。现在他讲的是当地人和关于这个国家的古老传说。他讲过去那些稀奇古怪的故事、冒险探索未知世界的故事，爱情与死亡的故事，仇恨与复仇的故事。他讲述了发现这些岛屿的探险家，定居在这座岛上娶了大族长女儿的水手，以及在这些银色海岸上以不同方式谋生的流浪汉。

贝特曼对这次做客感到羞愧和愤怒，起初他绷着脸闷闷不乐地听着，但很快发现杰克逊的话中好像有魔力，他坐在那里听得入神了。浪漫的遐想让平庸的日子黯然失色。难道他忘了阿诺德·杰克逊能言善辩，曾以此迷惑了轻信的大众、骗取了他们大量的钱财，还差点儿能逃脱制裁的吗？没有人比他更能言善辩的了，也没有人比他更会讲故事、制造高潮了。

突然他站起身来。“好了，你们两个孩子好长时间没见过面了，你们好好聊吧，困了就让特迪带你去卧室。”

“嗯，杰克逊先生，但是我没想在这里过夜。”贝特曼说。

“你会发现这里更舒服一些。我们会准时叫醒你，不会耽误的。”然后，阿诺德·杰克逊礼貌地和他们握了握手，向他的客人告别，庄重得好像他是圣典中的主教一样。

“当然如果你愿意，我会开车送你回帕皮特，”爱德华说，“但我建议你留下来。明天一早驾车走那条路才是享受呢。”

有几分钟他们两人谁都没有说话。贝特曼不知道该如何开始这场谈话，今天发生的事情让他认识到，谈话已经迫在眉睫了。

“你打算什么时候回芝加哥？”他突然问道。

爱德华没有回答，过了一会儿，他懒洋洋地转过身来看着他的朋友笑了笑。

“我不知道。也许不会回去了。”

“你到底是什么意思？”贝特曼喊道。

“我在这里很开心。做出改变不是很愚蠢吗？”

“你这个人，你总不能在这里过一辈子吧，这不是一个人该有的生活，这是行尸走肉般的生活，哦，爱德华，趁着还来得及，赶快离开这里。我感觉你有些不对劲，你已经鬼迷心窍了，被这个地方迷住了。只要你下定决心离开这里，摆脱这个环境，诸神会保佑你的。你就像一个戒毒成功的瘾君子，你会发现，这两年来，你呼吸的都是有毒的空气。你无法想象，当你再次回到家乡，呼吸那里新鲜纯净的空气，心里会有多么安心。”

他说得很快，语气也很激动，声音里流露出对朋友诚挚的关心。爱德华很感动。

“老朋友，你这么关心我真是太好了。”

“明天和我一起走，爱德华。你来这里就是个错误。这种生活不适合你。”

“你说这种或那种生活。你认为一个人怎样才能享受生活？”

“哎呀，这个问题不可能有两个答案。只能是通过履行他的职责，通过努力工作，通过履行和他的身份、地位相匹配的所有义务。”

“他能得到什么回报呢？”

“回报就是完成了当初他设定的目标。”

“这些听上去真是装腔作势，”爱德华说，借着月光，贝特曼能看到他在微笑，“也许你认为我已经不可救药了。说实话，有些想法要是在三年前我自己也会觉得有些离谱。”

“这些都是阿诺德·杰克逊教你的吗？”贝特曼语气轻蔑地问他。

“你不喜欢他？也对，你是不会喜欢他的。刚来这里的时候，我也不喜欢他。和你一样我也对他有偏见。他是一个非常了不起的人。你自己也看到了，他没有刻意隐瞒他坐过牢的事实。我不知道他是为坐牢感到后悔还是为自己犯的罪行感到后悔。我听到他唯一抱怨的就是，当他出狱时，发现他的健康受到了损害。我想他根本就不知道什么是后悔。他根本不受道德观念所累。他接受一切事情，也包括接受他自己。他慷慨大方，宽容体贴。”

“他确实慷慨大方，”贝特曼打断他，“是拿别人的钱慷慨大方。”

“我发现他是一个非常好的朋友。我了解他，所以这么评价他，不是很自然的事情吗？”

“结果是你失去了判断对错的能力。”

“没有，我的判断能力还和原来一样。让我感到有点儿困惑的是好人和坏人之间的差别。阿诺德·杰克逊是做好事的坏人还是做坏事的好人？这是一个很难回答的问题。也许我们把一个人和另一个人之间的差异看得太大了。也许我们认为的好人是一个罪犯而我们认为的坏人是一个圣人。谁知道呢？”

贝特曼说：“你别想说服我说白就是黑，黑就是白。”

“我没有这个想法，贝特曼。”

贝特曼不明白：为什么爱德华说同意他的意见，嘴角却掠过一丝微笑呢？

爱德华沉默了一会儿。“今天早晨我看到你的时候，就好像看到了两年前的我自己，贝特曼，”爱德华说，“穿着同样的高领衬衣，同样的皮鞋，同样的蓝色西装，同样的充满活力，同样的踌躇满志。上帝作证，我当时干劲十足。这个地方散漫的生活方式让我浑身难受。我到处走走，发现哪里都是商机，都有创业的机会，哪里都能大赚一笔。把椰子装进麻袋运到美洲去榨油，这太可笑了。如果在当地加工，再加上便宜的劳动力、运费的节省，我似乎已经看到了大片的工厂在这座岛上拔地而起。他们提炼椰子油的方式太过落后，于是我发明了一种机器，切开椰壳取出椰肉，这种机器每小时可以处理二百四十个椰子。后来发现港口不够大，我计划对它进行扩建，还要组建房地产公司，购买土地，建上两三家大型酒店、独栋房屋给游客居住。为了吸引来自加利福尼亚的游客，我还制订了改善轮船设施的计划。二十年后，这里不再是半法国化的慵懒小镇帕皮提，而是一个伟大的美国城市，里面高楼林立，还有有轨电车、剧院、歌剧院、股票交易所，以及一位市长。”

“开始干啊，爱德华，”贝特曼兴奋地从椅子上跳起来，大声喊道，“你有想法也有能力，哇哦，你会是澳大利亚和美国之间这块土地上最富有的人。”

爱德华轻轻地笑了。

“但是我不想这么干。”

“你是说你不想挣钱，挣很多的钱，几百万的钱？你知道有了钱你可以干什么吗？你知道它能给你带来什么好处吗？如果你自己不在乎这些，那么也可以为人类开辟出新渠道、给成千上万的人提供就业机会吧。想象着你描绘出来的画面，我太激动了。”

“坐下，我亲爱的贝特曼，”爱德华笑着说，“我切割椰子的机器还在那里闲置着，有轨电车也永远不会在帕皮提的大街上行驶。”

贝特曼重重地坐在椅子上。

“我不明白你的意思。”他说。

“我也是一点儿一点儿明白的。我开始喜欢上了这里的生活，喜欢这里的安逸和悠闲，喜欢这里的人们，喜欢他们的善良和快乐的笑容。我开始思考。我以前从来没有时间思考。我开始读书。”

“你一直在读书。”

“那时我读书是为了考试，为了自己有话语权，为了接受教育。在这里，我读书是为了乐趣，我学会了聊天。你知道聊天是生活中最有乐趣的事之一。但是聊天需要时间，以前我总是太忙，渐渐地，我发现生活中那些看似重要的事情已经变得没那么重要了，开始变得琐碎、庸俗。所有这些忙碌喧嚣和不断地奋斗有什么用处呢？想到现在的芝加哥，我就想到了一座阴沉、灰暗的城市，由石块堆砌而成，就像一座监狱一样，无休止的混乱。所有这些是为了什么呢？在这儿能充分地享受生活吗？我们来到这个世界就是为了匆忙赶到办公室，一直工作到晚上，然后再匆忙赶回家吃晚餐、去剧院吗？我必须这样度过我的青春吗？青春如此短暂，贝特曼。当我老了，我还能期待什么？早上匆忙从家赶往办公室,一直工作到晚上,然后再匆忙赶回家吃晚餐、去剧院吗?如果你想赚大钱，这样做或许值得。但是如果不想呢，那还值得这样吗?我想让我的生活比这更有意义，贝特曼。”

“那你认为生活中什么最重要?”

“说出来恐怕你要笑话我，我认为是真、善、美。”

“你认为在芝加哥你得不到这些吗?”

“有些人可以，但我不行。”爱德华跳了起来。“和你说，现在想起我过去的生活，内心都充满了恐惧，”他大喊了一声，“一想到我逃离的那种危险，我就吓得浑身颤抖。到这儿来以后，我才发现自己内心的灵魂。如果我一直是个有钱人，我可能就永远失去它了。”

“我不明白你怎么能说出这些话来，”贝特曼愤怒地喊道，“我们过去就经常讨论这些。”

“是的，我知道。那时的讨论就像和聋子讨论和声一样没有意义。我不会再回芝加哥了，贝特曼。”

“那伊莎贝尔怎么办?”

爱德华走到阳台边上，俯下身来，凝望着梦幻般的蓝色夜空。当他转身朝向贝特曼时，脸上浮现出一丝微笑。

“伊莎贝尔太完美了，在我眼里没人能比得上她，她头脑聪颖，善良美丽。我敬重她的干劲和志向。她生来就是要成就大事的。我配不上她。”

“她不这么认为。”

“贝特曼，你要把我的话转告她。”

“我？”贝特曼大声说道，“我是最愿意干这件事的。”

爱德华背对着明月，看不见他的脸。他是又在笑吗？

“贝特曼，你想对她隐瞒这件事是没有用的。凭她的聪明，五分钟内就能猜到的。你最好一五一十地告诉她。”

“我不知道你指的是什么，我当然会告诉她我见到你了，”贝特曼的声音有些激动，“说实话，我只是不知道该怎么对她说。”

“告诉她我没有挣到钱，告诉她我现在不但贫困，还安于贫困。告诉她我被布伦施密特公司辞退是因为懒惰散漫。把你今天晚上看到听到的都告诉她。”

一个念头猛地掠过贝特曼的脑海，他站起来，心头浮现出无法抑制的不安，他看着爱德华。

“我的天啊，你不打算娶她了？”

爱德华看着他，表情严肃。

“我永远也不会主动提出解除我们的婚约。如果她希望遵守诺言，我会尽最大努力做一个好丈夫，让她幸福。”

“你想让我把这些转告给她，爱德华？不，我做不到。这太可怕了。我从来没想过你会不娶她。她爱你。我怎么能把这种屈辱带给她呢？”

爱德华又笑了。

“贝特曼，你为什么不娶她呢？你爱她爱了那么多年了。你们才是最般配的一对。只有你才能给她幸福。”

“不要和我说这些。我接受不了。”

“我自愿退出，贝特曼。你比我更适合她。”

听到爱德华的语气有些异样，贝特曼迅速抬起头来，看到爱德华眼中的笑意消失了，正一脸严肃地看着他。贝特曼一时不知道该说什么。他有些不安，不知道爱德华是不是开始怀疑他来塔希提岛是有特殊任务的。尽管他知道这件事后果很严重，但是还是无法抑制心中的狂喜。

“如果伊莎贝尔写信结束与你的婚约，你会怎么办？”他慢慢地说。

“我会继续生活下去。”

贝特曼太激动了，都没有听清楚爱德华的话。

“希望你能穿上正常一点儿的衣服，”他有些生气地说，“你做出这么重大的决定，你穿着这身奇怪的衣服让你看上去很随意。”

“我向你保证，我穿着帕瑞欧，戴着玫瑰花环也和身穿礼服头戴礼帽一样庄重。”

接着，贝特曼又想到了另一个问题。

“爱德华，你这么做不会是为了我吧？我不知道，这也许会对我的未来产生巨大的影响。你不是在为我牺牲自己吧？如果是这样，我是不会接受的。”

“不是，贝特曼，在这儿我学会了不做傻事，也不会感情用事。我真心地希望你和伊莎贝尔幸福，当然我也希望自己幸福。”

这个回答让贝特曼有些失望，他看上去有点儿愤世嫉俗，如果喜欢看到别人行为高尚。

“你的意思是你甘愿在这儿浪费生命？这和自杀没有区别。当我想到我们大学毕业时你的伟大梦想，再看看你现在满足于在一家廉价商店当个售货员，我的心里太难过了。”

“哦，干这份工作我积累了很多宝贵的经验，而且干这些也只是暂时的。我还有另外一个计划。阿诺德·杰克逊在波莫塔斯有一个小岛，距离这里大约有一千英里。在那里环礁湖的周围有一圈陆地。他在那里种了椰子树。他要把那块地送给我。”

“他为什么要这样做？”贝特曼问道。

“因为如果伊莎贝尔和我解除婚约后，我会娶他的女儿为妻。”

“你娶他的女儿？”贝特曼惊呆了，“你怎么能娶一个混血儿呢？你疯了吗？”

“她是个好姑娘，性情温柔，心地善良。她会让我幸福的。”

“你爱上她了吗？”

“我不知道，”爱德华若有所思，“我没有像爱伊莎贝尔那样爱她。我崇拜伊莎贝尔，我认为她是我见过的最出色的人，我连她的一半都赶不上。我对伊娃则是另外一种感觉。她就像是一朵异域的花朵，需要人来保护她免受风吹雨打。我想保护她。没有人想保护伊莎贝尔。伊娃爱的是我现在这个人，不是我以后要成为的那个人。不管我做了什么，她都不会对我失望。她是适合我的那一个。”

贝特曼沉默了。

“明天还要早起，”最后爱德华说，“太晚了，咱们休息吧。”

接着贝特曼开口说话，声音里透着苦恼。

“我被你搞糊涂了，不知道该说些什么。我到这儿来是因为想看看你怎么了。我以为你是因为没实现当初对伊莎贝尔的诺言所以才不好意思回芝加哥。没想到会是现在这种情况。我感到非常遗憾，爱德华，我太失望了。我曾经那么希望你能干出一番事业。想到你以这样一种可悲的方式浪费你的才华、你的青春、你的机会，我简直没法忍受。”

“别伤心，我的老朋友，”爱德华说，“我没有失败，我已经成功了。你无法想象我对生活的期望有多么热切。这对我来说既充实又重要。当你和伊莎贝尔结婚后，偶尔会想起我。我会在我的珊瑚岛上建一所房子，住在那里，照看我的树，用延续了数千年的古老方式取出果肉。我会在我的花园里种上各种各样的东西。我还会去钓鱼。我会有很多的事情要做，绝不会无聊。我还有我的书和伊娃，我希望还有孩子们。但是最重要的是，我还可以看到大海和天空的变化无穷，黎明的清新，落日的美景，夜晚的瑰丽。我要在一片荒芜之地建起一座花园。我还要创造一些东西。岁月将会不知不觉地流逝，当我年老回顾往昔时，我希望我一生能够过得幸福、简单、平静。以我自己的方式我也能生活在美好之中。你认为我太容易满足于简单的生活吗？如果一个人赢得了整个世界，却失去了灵魂，那还有什么意义呢？从这个角度来说，我想我赢了。”

爱德华把他带到一间有两张床的房间里，然后扑在了其中一张床上。十分钟后，贝特曼听到他孩子一般平静而有规律的呼吸，知道他睡着了。但是他却无法入眠，心乱如麻，直到黎明的曙光悄无声息地照入房间，他才昏昏入睡。

贝特曼给伊莎贝尔讲完了他的经历。除了让自己显得很可笑的和他认为会严重伤害到她的事情，其余的没有丝毫隐瞒。他没有告诉她，他被迫头上戴着花环坐在餐桌前，也没有告诉她，爱德华准备和她解除婚约就和她舅舅的混血儿女儿结婚。但也许伊莎贝尔的直觉比他想象得更敏锐，因为在听他讲述时，她的眼睛变得更冷了，嘴唇也闭得更紧了。她不时地仔细观察着他，如果他没有那么专注于他的讲述，她的表情肯定会让他感到惊讶。

“那个女孩长得怎么样？”等他讲完，她问道，“你看她和我长得像吗？”

贝特曼对这个问题感到惊讶。

“我从来没有想到这个问题。你知道，除了你，我从来没有关注过别人，我从来不认为会有人长得像你，谁能像你呢？”

他的话让她微微一笑。“她漂亮吗？”伊莎贝尔问。

“应该是吧。我敢说有些男人会觉得她非常漂亮。”

“好吧，这不重要。我想我们没必要再继续谈论她了。”

“你有什么打算，伊莎贝尔？”他接着问。

伊莎贝尔低头看着她的手，那只手上还戴着爱德华在他们订婚时送给她的戒指。

“我当初没有同意爱德华的退婚是希望借此激励他，我想如果还有什么能让他取得成功，那就是我爱他了。我已经尽力了。现在没有希望了，如果我还不承认这个事实的话，那就只能是我的懦弱了。可怜的爱德华，他的敌人不是别人，是他自己。他是一个可爱、善良的人，但他身上缺少一些东西，我想那就是骨气。我希望他会快乐。”

她把戒指从手指上取下来放在桌子上。贝特曼看着她，心跳加速，快得他几乎无法呼吸了。

她微笑着站了起来，把手伸向他。

“我该怎么感谢你为我做的这一切呢？”她说，“你帮了我大忙。我就知道你是我可以信赖的人。”

他抓住了她的手，紧紧握住。她从来没有像现在这样漂亮过。

“哦，伊莎贝尔，我愿意为你做更多的事。你知道，只求你允许我爱你，照顾你。”

“你是个意志坚定的人，贝特曼，”她叹了口气，“这让我感觉无比的自信。”

“伊莎贝尔，我爱你。”

他不知道自己哪儿来的勇气，突然把她搂在怀里，她没有丝毫抗拒，扬起笑脸看着他的眼睛。

“伊莎贝尔，你知道，从见到你的第一眼我就想和你结婚。”

“那你为什么不告诉我呢？”她回答。

她爱他。他简直不敢相信这是真的。她可爱的嘴唇等待他去亲吻。当他把她抱在怀里时，他仿佛看到了亨特汽车牵引公司的规模不断扩大，重要性也在不断上升，直到占地100英亩，每年有一百万台的产量。他收集的绘画也越来越多，远远超过了那些纽约人的收藏。他会戴上牛角眼镜。而她，在他的怀里幸福地叹了口气，她想到了她将拥有的那座精致的房子，里面摆满了古董家具，她会举办的音乐会，以及thés dansants①，只有最有教养的人才能参加的晚宴。贝特曼戴着牛角眼镜。

“可怜的爱德华。”她叹了口气。

---

① 下午茶舞会。

瑞 德

船长把手用力插进裤兜里，他的裤兜没有缝在侧面，而是缝在了正前面，他是个大胖子，因此要把里面的一只大银表拿出来，颇费了一番力气。他看了一眼手表，又看了看渐渐西沉的落日。掌舵的是个卡纳卡人，他看了船长一眼，没有说话。船长的目光落在了他们正在靠近的那个小岛上。前方那一道白色的泡沫线标示着礁石所在的位置。他记得礁石那儿有一个开口足可以让他的船通过。船又靠近了一些，他期待着能看到那个开口。还有一个小时天就要黑了。环礁湖的水很深，他们可以放心地在那里下锚。他现在都能看到椰树环绕的那个村子，那儿的村长是大副的一个朋友。上岸过一夜应该很不错。这时大副走了过来，船长望向他。

“咱们带上一瓶酒，叫上几个姑娘去跳舞。”他说。

“我看不到那个开口。”大副说。

他是一个卡纳卡人，五官端正，轮廓鲜明，只是皮肤黝黑，看上去有点儿像罗马帝国末期的某个皇帝，只是更敦实一些。

“我确信这儿有一个开口。”船长说，拿起望远镜看着。

“我就纳闷儿了，怎么就找不到了呢。派个小伙子上桅杆去看看。”

大副叫过来一个水手，给他下达了船长的命令。船长看着那个卡纳卡人爬上桅杆，然后等着他的答复。但是那个卡纳卡人朝下喊话说，除了那条连成一线的泡沫他什么也没有看到。船长的萨摩亚语说得和当地人一样流利，他无所顾忌地咒骂起来。

“还让他待在上面吗？”大副问。

“他还待在上面干什么，真是见鬼！”船长说，“这个该死的笨蛋连这也看不见。我敢打赌，如果是我上去的话，我肯定能看到那个开口。”

他余怒未消地盯着那根细长的桅杆。对于一个一辈子都习惯爬椰子树的当地人来说这事儿轻而易举，但是对于他这个体重超标的胖子来说却不行。

“下来吧，”他喊道，“你还不如一条死狗管用。我们只能沿着礁石走了，看能不能找到那个开口。”

这是一条装有煤油辅助系统的七吨重的纵帆船，如果不是逆风的话，它的速度在每小时四到五海里之间。很早以前它是白色的，现在它成了一个全身泥垢、破破烂烂的家伙，身上的颜色也日益斑驳。船上散发着刺鼻的煤油和椰子干的味道，椰子干是它的主要运输货物。他们现在离礁石只有不到一百英尺了，船长吩咐掌舵人沿着礁石绕行，直到找到开口为止。不过这样行驶了好几英里后，他才意识到他们已经错过开口了。他们慢慢掉转船头往回开，白色的泡沫依旧翻腾不休，这时太阳也要落下了。船长除了嘴里咒骂着船员的愚蠢外，也只能听天由命，等到第二天一早再说了。

“掉头，这儿没法下锚。”船长说。

他们朝海上开了一段，现在天已经彻底黑了。他们抛锚停下。帆被收起来后船身开始剧烈地摇晃。在阿皮亚他们说，总有一天，这船会翻个底朝天的。这艘船的主人是一个德裔美国人，他经营着一家大型百货商店。连他都说，给多少钱都别想让他搭乘这艘破船出海。船上的厨师是个中国人，他穿着一条又破又脏的白裤子，上身穿着一件紧身白色制服。他走过来说晚饭好了。船长走进船舱，看到工程师已经坐在桌旁了。工程师很高，骨瘦如柴，他穿着蓝色的外套、无袖的套衫，露出两条瘦骨嶙峋的胳膊，从肘部到手腕满是文身。

“真见鬼，还得在外面过夜。”船长说。工程师没有答话。他们在沉默中吃完了晚餐。船舱里点起了昏暗的油灯。当他们吃完杏子罐头后，晚饭也宣告结束。中国厨师端来一壶茶。船长点起一根雪茄，走到上面的甲板上。夜空中星光明亮，周围只有海浪不断冲击礁石的声音。船长一屁股坐在折叠躺椅上，悠闲地抽着雪茄。不一会儿，有三四个船员也上了甲板坐下来。其中有一个拿着班卓琴，另一个则抱着六角手风琴。他们开始弹奏起来，还有一个人跟着音乐唱起歌来。当地人的歌曲用这两种乐器伴奏听上去有点奇怪。然后，两个人和着歌声跳起舞来。这是原始部落人的舞蹈，野蛮，原始，手和脚伴随着身体的扭动一起快速地舞动着，带有性感甚至色情的意味，却是没有情欲的色情。动作犹如动物本能般的，直接、古怪，全无神秘可言，简而言之就是自然，可以说是如孩童般单纯。最后，他们终于累了，手脚伸开躺在甲板上睡着了。一切又恢复了平静。船长拖着沉重的身体从椅子上站起来，爬下扶梯，他走进自己的舱室脱掉衣服，爬到床铺上躺了下来。炎热的天气让他有些气喘。

但是等第二天早上，黎明的曙光掠过宁静的海面时，昨晚他们遍寻不见的开口出现在了他们的东面。纵帆船驶进环礁湖。水面上平静无波。珊瑚岩的深处可以看到五彩斑斓的鱼在游来游去。船长泊好船，吃完早餐后来到甲板上。万里无云的天空上艳阳高照，不过清晨的风还是颇为凉爽舒适。今天是星期天，周围一片宁静，好像大自然也在休息，这让他觉得异常舒服，他坐下来，望着树木茂密的海岸，感到浑身懒洋洋的，很是惬意。他的嘴角浮现出一丝笑意，随手把吸剩的雪茄扔进水里。

“我看我得上岸了，”他说，“把小船放下来。”

他动作僵硬地爬下梯子，让人划船把他送到了一个小海湾。这里的椰子树一直延伸到水边，它们没有排成排，不过间隔得也有规律。它们就像跳芭蕾舞的老姑娘，年老却显轻浮，它们故作优雅地被动站在那里，浑身上下充满着过时的矫揉造作。他步履悠闲地穿过一棵棵椰子树，沿着一条曲曲折折的小路往前走着，来到一条宽阔的小溪前。小溪上有一座桥，不过桥是由十来根单根的椰子树干搭成的，它们首尾相连，由插入河床的树杈支撑着。椰子树干表面滑溜溜的，桥很狭窄，走在上面，两只手也没有可以支撑之处。要通过这样一座桥，需要一双稳健的脚和一颗坚毅的心。船长犹豫了。但是当他看向对面树林间有座白人的房子时，他拿定了主意。他小心翼翼地走了上去，谨慎地迈起脚走着，走到两根树干连接处时，“桥面”也变得高低不平，他的步履就愈加蹒跚了。好不容易走完最后一根树干，两脚落在对岸坚实的地面上时，他终于长出了一口气。刚才他的注意力全放在了过桥上，竟然没有注意到有人一直在注视着他，以至于当他听到有人和他说话时吃了一惊。

“如果不习惯走这种桥的话，确实需要一点勇气。”

他抬起头来看到一个男人站在他面前。显然是从刚才他看到的那座房子里出来的。

“刚才我看到你犹豫了，”这个男人继续说着，唇边有一丝笑意，“我一直等着看你掉下去呢。”

“那你是看不到了。”船长恢复了他的自信。

“我以前就掉下去过。我记得那是一个晚上，我刚打猎回来，掉了下去，身上还有枪。现在我过桥时都要找个孩子帮我拿着枪。”

他面前的这个男人已经不再年轻了，消瘦的脸庞，留着略显灰白的小胡子，身上穿着无袖背心，一条细帆布裤子，脚上既没穿鞋也没有穿袜子。他说的英语略带些口音。

“你是尼尔森吗？”船长问。

“是我。”

“我听说过你，我猜你就住在这附近。”

船长跟着主人进了他的房子，身体重重地坐在了对方示意的椅子上。趁着尼尔森出去拿威士忌和酒杯的时候，船长打量着房间。他吃了一惊，因为他从来没有见过这么多书。书架占据了四面墙壁，从地板到天花板，排得满满的都是书。还有一架大钢琴，上面凌乱地放着乐谱，一张大桌子上面杂乱地放着书和杂志。这个房间让他感觉局促不安。他想起来尼尔森是个相当奇怪的家伙。尽管他已经在岛上待了很多年了，可还是没人了解他，认识他的人都同意这样一个观点，那就是他是个奇怪的人。他是一个瑞典人。

“你弄了这么多书在这儿。”看到尼尔森回来，他说。

“书又没坏处。”

“这些书你都读过吗？”船长问。

“大部分都读过。”

“我也经常读点书，还订了《星期六晚邮报》。”

尼尔森给客人倒了满满一大杯威士忌，又递给了他一根雪茄。船长主动地说起了他的情况。

“我昨天晚上就到了，但是找不到那个开口，没办法，我只好把船泊在了外面，我以前没走过这条线，不过我手下有一些东西要送给格雷。你认识格雷吗？”

“认识，他在离这儿不远处有一个商店。”

“嗯，他要了许多罐头，还有一些椰子干。他们觉得与其让我在阿皮亚闲着，还不如上这儿跑一趟。我大部分时间跑阿皮亚和帕果帕果，但是现在那边闹起了天花，没什么生意。”

他喝了一口威士忌，点上雪茄，他平素是个沉默寡言的人，但是今天尼尔森身上有一种让他紧张不安的东西，一紧张说的话就多了。这个瑞典人用他那双深色的大眼睛望着他，眼睛里带着些许玩味的意味。

“你把这个小地方收拾得真干净。”

“我尽了我的最大努力。”

“你肯定树也种得不错，它们看上去长得很好。现在的椰子干价格不错。我自己曾经也有一个小庄园，在乌波卢。但是后来不得不卖掉了。”

他再次环顾房间，感觉屋子里的书让人难以理解，还充满了敌意。

“我想你在这儿肯定有时会感觉孤独。”他说。

“已经习惯了，我在这儿已经待了二十五年了。”

现在船长实在不知道要说些什么了，只好默默地吸着烟。尼尔森明显也没有打破沉默的打算。他若有所思地望着他的客人。他又高又胖，身高六英尺还要多，脸是红色的，上面长着斑点，脸颊上布满了紫色的小静脉，由于肥胖，五官都被挤得陷了进去。他的眼睛布满了血丝，脖子埋在一圈圈的肥肉里面。他的头发都已经快掉光了，只有后脑勺的一缕几乎是全白色的长长的卷发。他长着宽阔发光的前额，这本可以给人一种聪明的假象，实际上却给了人一种低能愚钝的感觉。他穿着一件蓝色法兰绒衬衫，领口敞开着，露出肥硕的胸膛，上面覆盖着一团红色的毛发，下身穿着一条很旧的蓝色哔叽裤子。他身体沉重，不太雅观地坐在椅子上，硕大的肚子向前挺起，两条肥腿分开。他的四肢已经完全失去了弹性。尼尔森漫不经心地想着，他年轻时是什么样的人。他几乎无法想象这个庞大的生物曾经是一个四处乱跑的男孩。船长喝完了他杯子里的威士忌，尼尔森把酒瓶子向他推了推。

"自己随意倒，不要客气。"

船长身体向前，大手抓住了瓶子。

"你是怎么来到这个地方的？"

"我来这儿是出于健康的原因，我的肺不好，来之前他们说我活不过一年。你看，他们说错了吧。"

"我的意思是，你是怎么到这儿定居的？"

"我是个多愁善感的人。"

"哦！"

尼尔森知道船长没明白他的意思，他看着他，深色的眼睛里闪烁着嘲讽的光。或许只是因为船长是个粗鲁迟钝的人，一时兴起他又有了继续说下去的欲望。

“你过桥时就忙着保持身体平衡了，所以还没注意到，这个地方相当漂亮。”

“你这座小房子真的不错。”

“我刚到这儿时可不是这个样子。只是一个当地人的小屋子，半圆形的屋顶，还有几根柱子。掩映在一棵开着红花的大树下。周围的巴豆丛形成了色彩斑斓的篱笆墙，它们的叶子是黄色、红色和金色的。这里到处都是椰子树，它们像女人一样爱幻想，一样徒劳。它们矗立在水边，一整天都在看着自己的倒影。那时候，我还是一个年轻人，天啊，是二十五年以前的事了——在陷入永远的黑暗之前，我想在上帝分配给我短暂的时间里，享受世界上所有的美好。我想这是我见过的最美丽的地方了。第一次看到的时候，我的心被震撼了，我都担心我会哭出来。那时我不过二十五岁，尽管我尽了自己最大的努力去面对疾病，但是我不想死。不知何故，我觉得这个美丽地方让我更容易接受自己的命运。来到这儿以后，我感觉过往的生活已经渐渐淡去，斯德哥尔摩还有它的大学，然后是波恩，这一切似乎都是别人的生活了，好像现在我终于实现了我们的哲学博士——包括我自己，你知道的——讨论了这么多的现实。‘一年，’我对自己喊道，‘我还有一年的时间。’这一年我会在这里度过，然后心甘情愿地死去。

“二十五岁的时候，我们都愚蠢、多愁善感、喜欢小题大做，但是如果不是这样的话，我们在五十岁时也不会像现在这么睿智。

“继续喝酒，我的朋友，不要让我的胡言乱语干扰了你。”

他举起他瘦削的手朝酒瓶挥了挥，船长举起面前的酒杯一饮而尽。

“你一点都不喝吗？”船长说，伸手去倒酒。

“我有保持清醒的习惯，”瑞典人笑着说，“我用一种更不易察觉的方式来麻醉自己。不过也许那只是虚荣。不管怎么说，那种麻醉的效果更持久，带来的危害也更小。”

“听人说，美国现在好多人都吸可卡因。”船长说。

尼尔森轻笑了一声。

“但我不经常见到白人，”他继续说，“而且我也不认为偶尔喝一口威士忌会对我造成什么伤害。”

他给自己倒了一点，又加了些苏打水，喝了一口。

“现在我终于明白，为什么这个地方拥有如此异乎寻常的魅力了。爱在这里停留，就像迁徙的候鸟恰好落在大洋中的一艘轮船上，得以片刻收拢它疲惫的翅膀。美的热情散发出的香气在这儿盘旋，就像我家乡草地上五月山楂散发出的香气。

“在我看来，人们曾经爱过或受苦的地方总是散发着一些尚未完全消亡的微弱气味。好像他们获得了一种精神意义，这种精神意义神秘地影响着那些经过的人。希望我说清楚了。”他微微一笑，“即使我说清楚了，我也无法想象你能明白我的意思。”他停顿了一下。

“我觉得这个地方很美，是因为我在这里得到了美好的爱。”说着他耸了耸肩，“但也许只是年轻的爱情恰好发生在适宜的环境中，满足了我的审美感知而已。”

即使一个头脑不比船长迟钝的人，此刻被尼尔森说的话弄糊涂了，也应该得到原谅。因为此刻尼尔森对他自己说的话也有些自嘲的样子，好像刚才他是一时感情冲动说出来的那些话，现在逻辑上又觉得荒谬。他说自己是一个多愁善感的人，但是一旦多愁善感再加上心存怀疑，就会产生可怕的后果。

他沉默了片刻，看着船长，眼中突然出现了一丝不解。

“那个，我一直在想我以前是不是在什么地方见过你。”他说。

“我不记得见过你。”船长回答。

“但我有一种奇怪的感觉，好像对你的面容很熟悉，我一直感到困惑，但实在想不起在哪儿、什么时间见过你。”

船长用力地耸了耸他厚实的肩膀。

“我来到这个岛上已经三十年了，不可能记住我见过的每个人，就比如今天咱们这么短暂的见面。”

瑞典人摇了摇头。

“你知道人有时候会有这样一种感觉，他会对一个他从来没有去过的地方感到莫名的熟悉。现在我对你就是这种感觉。”他异想天开地笑了，“或许你是在前世里认识我的，或许，或许那时你是古罗马一艘桨帆船的主人，而我则是划船的奴隶。你在这儿待了三十年了？”

“正好三十年。”

“那你认识一个叫瑞德的人吗？”

“瑞德？”

“我只知道他的名字，并不认识他，甚至都没有见过他。但是我对他的了解比对许多人的了解都要深，比和我每天在一起、共处了许多年的兄弟的了解还要深。他像保罗·马拉泰斯塔[①]和罗密欧一样生活在我的想象之中，我相信你没读过但丁或者莎士比亚的作品吧？”

“可以说从没有读过。”船长说。

尼尔森身体向后倚在椅背上，吸了口雪茄，两眼茫然地看着静静飘在空中的烟圈。嘴角浮现一丝微笑，但是眼中却全无笑意，还是那么严肃。然后他看向船长。在他臃肿肥胖的外表下有一种让人特别不愉快的东西。而且看起来他还对自己的臃肿肥胖极其满意。这简直让人出奇地愤怒了。这让尼尔森心烦意乱。不过眼前这个人和他心目中的那个人之间的反差之大让他颇为愉快。

“瑞德好像是你见过的最美丽的人，那时候我和许多认识他的人谈过，那些白人，他们都说第一次看到瑞德时，他的美丽会

① 但丁作品《神曲·地狱篇》里的人物。

让你瞬间忘记呼吸。他们叫他‘瑞德’是因为他那红如火焰般的头发，他留的是长发，头发是天生的波浪卷，那种令人赞叹的颜色正是拉斐尔前派的艺术家狂热赞扬的颜色。我不认为他是虚荣的，他太天真了，但如果他是的话，没有人会责怪他。他很高，六英尺一英寸或两英寸——他曾经站在这所老房子里，用小刀在屋子中央的树干上（支撑屋顶的是一些树干）做出他身高的标记——他好像是一个希腊神，宽宽的肩，细细的腰；他就像阿波罗，只有普拉克西特莱斯[①]给他的那种柔和的圆润，以及那种温文尔雅、女性化的优雅，其中有一些令人不安和神秘的东西。他的皮肤白得耀眼，是乳白色，就像缎子一样；他的皮肤就像女人的一样细腻白皙。”

“我小时候的皮肤也是这么白。”船长说，他布满血丝的眼睛里闪烁着光芒。

但是尼尔森没有理会他。他现在正在讲述他的故事，打扰让他有些不耐烦了。

“他的脸和他的身体一样美丽。他有一双蓝色的大眼睛，颜色幽深，所以也有人说他的眼睛是黑色的。与大多数红头发的人不同，他的眉毛黑黑的，睫毛也又长又黑。他五官十分端正，嘴巴像一道猩红的伤口。那时他二十岁。”

说完这些，瑞典人停下来，营造出某种戏剧化的感觉。他喝

① 古希腊古典后期杰出的雕刻家。

了一口威士忌。

“他是独一无二的。没有人比他更美了。他就像是在野生植物上开出的一朵美妙的花。他是造物主快乐的意外之作。

“那一天，他来到了环礁湖的那个开口，就是你今天早上要进入的那个开口。他原来是一名美国水手，后来从阿皮亚的一艘军舰上逃了出来，想办法说服了一个好脾气的当地人，让他搭乘一艘刚好从阿皮亚到萨福托的快艇，接着乘坐一艘独木舟到了岸上。我不知道他为什么要逃走，或许是战舰上条条框框的生活让他感到厌烦，或许他遇到了麻烦，或许是他的骨子里向往着南海和这些浪漫的岛屿。

“他们不时地奇怪地对待一个人，他发现自己就像蜘蛛网中的一只苍蝇。可能是他身上有一种柔软的纤维，这些青山带着柔和的空气，这片蓝色的大海，从他身上夺走了北方的力量，就像黛利拉夺走了拿细耳人[①]的力量一样。不管怎样，他想躲起来，他认为在他的船从萨摩亚起航之前，待在这个僻静的角落里比较安全。

“在他登陆的那个环礁湖的开口附近有一座当地人的小屋，他站在那里想着应该去哪儿时，从小屋里出来一个年轻的女孩，邀请他进去。当地人的语言他只能听懂一两个单词，而她几乎听

---

① 《圣经·旧约》中参孙与黛利拉的故事。大力士参孙之所以丧失神力，是在熟睡时被迷惑他的黛利拉剃去了头发。

不懂英语。但是他非常明白她的微笑和优美的手势所表达的意思。他跟着她进了小屋。

“他坐在垫子上，她给了他一片菠萝吃。我只能从道听途说中谈起瑞德，但我在他第一次见到她三年后才见到那个女孩，那时她还不到十九岁。你无法想象她有多么精致的五官。她有芙蓉花一般的热情优雅，也如芙蓉花一般美丽。她身材高挑苗条，五官精致，一双大眼睛像棕榈树下的一潭静水；她的头发又黑又卷，自然垂在身后，头上戴着花环，鲜花散发着迷人的芳香。她的手很可爱，手指是如此的纤细精美，让你的心弦都为之一紧。在那段日子里，她很爱笑。她的笑容是如此令人愉快，以至于你的膝盖都在跟着颤抖。她的皮肤就像夏日里成熟的玉米田。天哪，我该怎么形容她？她美得不像是凡间的生灵。

“这两个年轻人，她十六岁，他二十岁，一见钟情陷入爱河。那是真正的爱，不是因为同情、共同的利益或知识的共鸣而产生的爱，是纯粹而简单的爱。这种爱是亚当醒来后，发现夏娃在花园里用清纯的眼睛注视着他时的爱。那是野兽以及众神吸引到彼此的爱，是让世界产生奇迹的爱，是赋予生命孕育意义的爱。你从未听说过一位睿智而愤世嫉俗的法国公爵，他说‘有两个情人，总有一个去爱，一个让自己被人爱’；这是我们大多数人不得不接受的一个痛苦的事实；但是偶尔还会有两个人都去爱，同时又都让自己被爱的情况出现。这样，人们就不难想象，当约书亚向以色列的上帝祈祷时，使日月停止的情形了。

“甚至这么多年过去了，当我想起他们两个，那么年轻，那么美丽，那么单纯，还有他们的爱情，我还是觉得心痛。

“当某个月圆之夜，我在环礁湖上望向晴朗天空中的满月之时，我就觉得有撕心裂肺的剧痛。对极致之美的深思总是会伴随着痛苦。

“他们那时还是孩子，她心地善良，甜美可爱。我并不了解他，但我宁愿相信他应该是单纯率直的。他的灵魂应该和他的外表一样美好。不过我认为，他的灵魂最多也就和那些用芦苇做成笛子、在山涧溪流中沐浴的林中造物者一样有灵性，在这里，你偶尔还能看到几头小鹿跟在一个长胡须的半人马后面飞速地穿过林间空地。灵魂真是令人烦恼的东西，当人类一旦有了灵魂，他便失去了伊甸园。当瑞德来到这个岛上时，这里刚刚经历了一场流行病的浩劫，这是由白人带到南太平洋岛上的疾病，它夺去了岛上三分之一人口的生命。在这场浩劫中，这个女孩失去了她所有的近亲，当时住在一个远房表亲的家里。家里有两个满脸皱纹的老太婆，已经弯腰驼背，整天皱着眉头，还有一两个年轻的女人、一个男人和一个男孩。他在这个家里待了几天。但也许他觉得自己离岸边太近了，有可能会被白人看到，暴露他藏身之处；也有可能这对恋人不能忍受有别人在身边，夺走他们哪怕片刻幸福的共处时光。一天早上，他们出发了，只带了属于女孩不多的几样东西。他们沿着椰子树下长满青草的小路来到了你刚才看到的那条小溪边，他们不得不和你一样，穿过那座小桥。过桥的时候，他有些害怕，女孩为此高兴地笑了。她紧紧地握着他的手，一直走到第一根树干的尽头。他没有勇气再继续走下去，又退了回来。他不得不脱掉衣服，而她把他的衣服举在头顶，两个人继续往前走。

“他们在这座空着的小屋里安顿下来，或者是女孩拥有这个小屋的所有权（在岛上土地所有权是一个复杂的问题），或者是这个小屋的所有者死于这场瘟疫，这我不得而知。不过对于他们住在小屋没人提出质疑，因此他们在小屋安家了。他们的家具包括两个他们睡觉用的草垫，一面破镜子，一两只碗。对于幸福的两个人来说这足以开始家庭生活了。

“他们说幸福的人没有过去，幸福的爱情当然也没有。他们整天什么事也不做，但仍然感觉日子似乎过得太快了。女孩本来有一个本地名字，但是瑞德给她起了个新名字，叫她‘莎莉’。他很快学会了当地的简单语言，常常一连几个小时躺在草垫上，而女孩则兴高采烈地对他说个不停。他是一个沉默寡言的人，或许昏昏欲睡。他不停地吸着烟，这烟是她用当地的烟草和露兜叶为他做的。她用灵巧的手指编织草席，他就在一旁看着她。时常也有当地人过来，讲起过去部落战乱时的长篇故事。有时他会去礁石上钓鱼，带回满满一篮子五颜六色的鱼。有时晚上他会提着灯笼出去捉龙虾。他们的小屋周围有大蕉，莎莉会把它们烤熟当作简单的饭食。她知道如何用椰子制作美食，小溪边的面包果树也给他们提供了果实。节日的时候，他们杀了一只小猪，放在热石头上烤熟当作节日的盛宴。

“他们一起在小溪里沐浴；到了晚上，他们下到环礁湖，划着独木舟在湖里游荡。海水是深蓝色的，日落时呈酒红色，就像荷马史诗中希腊的海；但在环礁湖中，颜色有无穷的变化，蓝宝石般的海蓝色、紫水晶的紫色和祖母绿的绿色；还有一瞬间落日把海水染成了液态的‘黄金’。接着是珊瑚红、棕色、白色、粉色、红色、紫色，形态各异美轮美奂。

“这里就像一个魔法花园，匆匆忙忙的鱼儿像是花园里的蝴蝶。这里的美缺乏真实感。珊瑚之间到处是水塘，下面铺着白色的沙子，水清澈得让人目眩，是沐浴的绝佳场所。然后他们一身凉爽，在朦胧的暮色中穿过草地，手牵着手快乐地漫步在回家的路上。那八哥的叫声回荡在椰子林间。到了夜晚，那片辽阔金色的天空，似乎比欧洲的天空还要宽广，微风从小屋轻轻吹过，漫漫长夜也似乎变得短暂。

“那时她十六岁，他也不过二十岁。黎明从小屋的木柱间爬了进来，看着这两个睡在彼此怀中的可爱孩子。太阳躲在大蕉树硕大而残破的叶子后面，以免打扰他们，然后带着顽皮的恶意，像波斯猫伸出的爪子一样，在他们的脸上留下一道金色的光芒。他们睁开惺忪的睡眼，微笑着迎接新的一天。就这样几个星期过去了，然后几个月过去了，接着一年过去了。他们看上去爱着彼此——我不敢说是热烈地爱着，因为感情中总是带着一丝悲伤、一丝苦涩或痛苦，但是他们爱得全心全意，和第一天见面时一样简单、自然。他们已经意识到神和他们同在。

“如果你问他们，他们肯定会认为他们的爱永远也不会停止。这点我毫不怀疑。难道我们不知道相爱的基本要素是相信爱情的永恒吗？然而，也许在瑞德心中已经有一颗很小的种子，他自己没有意识到，女孩也没有预料到，随着时间的推移，这颗小小的种子会变得疲倦。有一天，海湾里的一位当地人告诉他们，海岸的码头那儿停着一艘英国的捕鲸船。

“‘哇，’他说，‘不知道我能不能用坚果和大蕉跟他们换一两磅烟草。’

“莎莉那不知疲倦的双手给他做的露兜树香烟吸起来味道很浓，也很舒服，但是他还是不满意。他突然间渴望真正的烟草，浓烈、刺鼻、辛辣。他已经好几个月没有抽烟斗了。一想到这里，他的口水都要流出来了。有人认为莎莉可能会预感到这样做带给她的伤害，因此会劝阻他，但是全部身心都被爱情占据的莎莉从未想过世上还有什么力量能把他从她身边带走。他们一起走进山里，采集了一大篮子野橘子，颜色是绿色的，却一样甘甜多汁。他们还在小屋周围摘了大蕉，从树上摘了椰子、面包果和芒果。他们来到礁石的开口处，把这些搬上了一艘摇摇晃晃的独木舟，瑞德和那个给他们通报消息的当地男孩一起，划着船向礁外驶去。

“这是她最后一次见到他。

“第二天，那个当地男孩独自一人回来了，他边哭边说出了他们的经历：他们划行了很远才到那艘大船那儿，瑞德向着大船招了招手。一个白人朝他们看过来，让他们上了船。他们带上水果上了船，瑞德把水果堆在甲板上。白人男子开始和瑞德交谈起来，然后他们似乎达成了某种协议。其中有一个人走到下面拿来一些烟草，瑞德马上取出一些烟草，放在烟斗里点燃了。这个男孩也模仿着他兴奋地从嘴里吐出一团团烟圈。然后他们对瑞德说了些什么，他就进了船舱。透过敞开的舱门，男孩好奇地向里面张望着，看到他们拿出了一瓶酒和几个玻璃杯。瑞德又是喝酒又是吸烟。好像他们问了他些什么，因为他看到瑞德摇了摇头大笑起来。有个男人，就是第一个和他们说话的那个男人，他也笑了，然后拿起酒瓶把瑞德的杯子又加满了酒。他们继续说话喝酒。不一会儿，男孩就看得乏味起来，因为这对他毫无意义，男孩蜷起身子躺在甲板上睡着了。他是被踢醒的，他一下子跳了起来，看到船正在慢慢驶离环礁湖。他看到瑞德坐在桌边，头深深地埋进肘弯，睡得正香。他刚要冲过去把瑞德叫醒，一只粗糙的手抓住了他的胳膊，那人沉着脸，说了句他听不懂的话，指了指旁边让他下船。他向瑞德大喊，但是很快被抓住扔下了船。无奈之下，他只好游到他的独木舟旁边，那艘独木舟漂到了远处，他又把它推到礁石上，爬进去，一路哭着划回了岸边。

“很明显，由于有船员的出逃或者染病，那艘捕鲸船缺少人手，当瑞德上船时，船长让他签字留下来；遭到瑞德拒绝后，他们把他灌醉绑架了他。

“莎莉悲痛欲绝，整整三天她一直在哭。当地人尽其所能安慰她，但都无济于事。她不肯吃东西。然后，精疲力尽之后她陷入了一种郁郁寡欢的冷漠。她每天从早到晚待在海湾，望着环礁湖，徒劳地希望瑞德会想办法逃回来。她一连几个小时坐在白色的沙滩上，泪水滑过她的脸颊，到了晚上她才拖着疲惫的身体穿过小溪回到曾经给她带来无限欢乐的小屋。在瑞德来之前曾经和她住在一起的亲戚想让她回去住，但是她拒绝了。她坚信瑞德会回来的，她要让瑞德回来后在离开她的地方找到她。四个月以后，她产下了一个死婴，分娩时过来帮忙的老妇人留下来照顾她。她生命中的所有欢乐都离她而去。

“如果她的痛苦随着时间的推移变得没那么无法忍受，那是被一种持续的忧伤所取代。你都无法想象，在那些情感强烈但却短暂的当地人中会有这样一位如此长情的女人。她一直都坚信瑞德迟早会回来的。她盼望着他，每当有人走过这座由椰子树干搭成的窄桥时她都会看一看。希望最终看到是他回来了。”

尼尔森停下来，轻轻地叹息了一声。

“那最后她怎么样了？”船长问道。

尼尔森苦笑了一声。

“嗯，三年后，她和另一个白人男子开始交往了。”

船长讥讽地冷笑了几声。

“他们通常都是这样。”他说。

瑞典人用带着仇恨的眼神瞪了他一眼。不知道为什么他会如此反感这个粗鲁肥胖的男人。他的思绪开始回到了过去，回到了二十五年前，那是他第一次踏上这座岛的时候。当时他厌倦了阿皮亚，厌倦了酗酒、赌博和声色犬马的生活。一个病入膏肓的人，努力让自己放弃曾经激发他想象力、让他雄心勃勃的事业，他完全放弃了出名的希望，只想满足地度过他人生中的最后仅有的几个月。他住在一个混血商人的房子里，这个商人在离当地人村庄几英里的海岸线上有一座小楼。有一天，他漫无目的地沿着椰树林中间长满青草的小径走着，不知不觉地来到莎莉住的小屋。这儿的美景让他欣喜若狂，甚至都有些痛苦，然后他看到了莎莉。她是他见过的造物主最美丽的作品，她那双深色的美丽的大眼睛里的悲伤深深地触动了他。卡纳卡人是一个英俊的种族，中间不乏美人，但那是身材匀称的野性之美，是空洞的。但这双悲戚的大眼睛幽暗神秘，他能感受到其中摸索的人类灵魂的错综复杂的苦涩。混血商人把女孩的经历告诉了他，他被深深地触动了。

“你觉得他会回来吗？”尼尔森问道。

“怕是不会了。你看，那艘船要过好几年才能把工资结清，那时候他肯定已经把她给忘了。我敢打赌，当他醒来发现他被骗了肯定气得发疯。如果他想和他们打架我肯定不会感到奇怪的，但是他只能笑着忍受这一切。我猜，不出一个月他就会想他离开那座岛对他而言是最好不过的事情。”

但是尼尔森再也无法把故事赶出他的脑海。也许是因为他是个身体虚弱的病人，瑞德容光焕发的健康形象吸引着他的想象。

他是一个长相丑陋的人，外貌毫无可取之处，因此我肯定他也没有过惊心动魄的爱情。这两个年轻人的互相吸引给了他一种奇妙的喜悦。它有着无法言喻的绝对之美。他再一次来到了小溪旁边的小屋。他颇具语言天赋，头脑灵活，勤奋，还花了相当长的时间研究当地语言。和莎莉一起住的老妇人邀请他进了小屋坐下。她给他拿来卡瓦酒，还有烟，她很高兴有人陪她聊天。老妇人说话的时候，他一直看着莎莉。她让他想起了那不勒斯博物馆里的普赛克，五官线条也是那样高贵纯净。尽管她已经生过一个孩子，但看上去依然如少女一般。

直到他见过她两三次以后，才诱使她开口说话，然后只是问他是否在阿皮亚见过一个叫瑞德的人。这时距离他失踪已经两年了，显然她还是不停地想着他。

没过多久尼尔森发现爱上了她。现在当他不和莎莉在一起时，他全靠意志力才能阻止自己每天去小溪。一开始，他把自己看成一个将死之人，只要求看她一眼，偶尔听她说话，爱给了他无与伦比的幸福。他为自己爱情的纯洁而欢欣鼓舞。除了期望在她这个优雅的美人周围编织一张美丽的幻想之网，他别无所求。但是在这儿有露天的环境、几乎恒定的温度、充足的休息、简单的食物，这些开始对他的健康产生意想不到的影响。他的体温也没有在晚上升到之前那样惊人的高度，他咳嗽的次数减少了，体重开始增加；六个月过去了他一次也没有咳血，突然间，他看到了自己活下来的可能性。他仔细地研究了自己的病情，希望再次降临，只要悉心调养就能控制病情的发展。他再一次对未来有了期望。他制订了计划。显然过于激烈的生活不在考虑之内，不过，虽然他微薄的收入在别处捉襟见肘，但是在岛上生活还是足够的。他可以种椰子以维持生计，还可以让人把他的书和钢琴托运过来。但他敏锐的头脑知道，这些只不过是掩饰自己的难以自拔的欲望而已。

他想要莎莉。他不仅爱她的美貌，还爱她那个黯然的灵魂，他可以从她痛苦的双眼后感觉到。他可以让她迷醉在自己的热情之中，彻底忘记那些往事。他陶醉在狂喜中，幻想自己给了她幸福，这种幸福他曾经以为他永远也体会不到，但现在奇迹般地得到了。

他请她过来和他一起住。她拒绝了。这在他的预料之中，所以并没有感到沮丧。因为他有信心，她迟早会屈服的。他的爱是不可抗拒的。他把他的想法告诉了老妇人，但令他惊讶的是，老妇人和邻居们早就觉察到了他的想法，竭力地劝说莎莉接受他。

毕竟，每个当地人都乐于为白人照料家务。按照岛上的标准，尼尔森是一个富人。给尼尔森提供住宿饮食的那个商人也过来劝女孩不要犯傻，这样的机会不会再有第二次了，过了这么久，她总不能还指望着瑞德会回来。女孩的拒绝只会助长尼尔森的欲望，原来纯洁的爱情现在变成了让人痛苦的激情。他下定决心，没有什么能阻止他。他让莎莉不得安宁。终于，他的顽固坚持，以及周围每个人轮流的劝说甚至动怒，使她不胜其烦，她同意了。

但是第二天当他兴高采烈地去看望她时，发现当天晚上她把她和瑞德共同居住的小木屋一把火烧成灰烬。那个老妇人大声谩骂着，莎莉朝他跑过来，但尼尔森却毫不在意地挥挥手，这没什么，他们可以在原址盖一座平房。如果他想把钢琴和数量那么多的书都带来的话，欧式的房屋可能比原来的小屋更适合。

就这样，小木屋重建了起来，就是他已经住了许多年的这幢小木屋，莎莉也成了他的妻子。最初的几个星期里他欣喜若狂，他对莎莉给他的一切感到满意，他对幸福知之甚少。但最初的几个星期过后，他明白莎莉只是出于疲倦才屈服于他，屈服的部分也只是她最不看重的部分。他看到的那颗黯然的灵魂逃走了。她依然还爱着瑞德，一直都在等待着瑞德回来。只要有瑞德的一点线索，尼尔森知道，尽管有他的爱，他的温柔、他的同情、他的慷慨，她还是会毫不犹豫地离开他。他的痛苦永远不在她的考虑范围之内。痛苦紧紧地抓住了他，他无法穿越那些屏障。阴沉着脸，闷闷不乐地，他试图用温柔来感化她的那颗坚硬如铁的心，但是失败了，他装作无动于衷，她根本就没有注意到，有时他大发脾气，对她恶语相向，她也只是默默地流泪。有时他认为她就是个骗子，那个黯然的灵魂只是他自己的想象，他无法进入她心中的避难所，因为那里根本就不存在避难所。他的爱变成了他渴望逃离的监狱，他只要把门打开就可以重见天日，可是他连这点力气都没有。这是一种折磨，最终他变得麻木和绝望。最后，如同火焰燃尽熄灭，对她的热情自行燃尽，当他看到她的目光不时停留在那座狭窄的桥上时，他的心中已经不再是愤怒，而是不耐。这么多年来，让他们还继续生活在一起的是习惯和便利，对于他过去的激情他也能一笑而过。因为岛上的女人老得很快，现在她已经是个老妇人，如果现在他对她已经没有了爱，他对她还有容忍。她很少去打扰他，而他也满足于和他的钢琴和书待在一起。

他的这些想法让他有种继续说下去的渴望。

“现在回首看看瑞德和莎莉那段短暂而热烈的爱情，我想也许他们应该感谢无情的命运在爱意最浓时把他们拆开。他们彼此都痛苦，但是是在美丽的爱情中受苦，他们没有经历真正的爱情悲剧。”

“我不太明白你的意思。”船长说。

“爱情的悲剧并不是死亡或者分离。你认为两个人不再关心对方需要多长时间？哦，看着一个你全心全意爱着的女人，是多么的痛苦，以至于你觉得你无法忍受让她离开你的视线，而终有一天如果你再也不会见到她也无所谓。爱情的悲剧是冷漠。”

但就在他说话的时候，发生了一件不寻常的事情。虽然他一直在对船长说话，但并不是两个人交谈。他只不过是把自己的想法转换成语言说给自己听。他的目光放在了对面这个人身上，却对他视而不见。但是现在一个人的身影浮现在他脑海中，这个身影不是眼前这个人，是另一个人。他好像正在看着一面哈哈镜，或者把人变得又矮又胖，或者把人拉得又细又长。但是现在恰恰相反，在面前这个又胖又丑的老男人身上他竟然看到了一个年轻小伙子的身影。他迅速地仔细审视着眼前这个人，为什么一次随意的散步把他带到了这个地方？他的心脏猛地一抖，简直无法呼吸，一个荒谬的怀疑念头抓住了他的心。他的怀疑似乎全有可能，但是或许就是事实。

“你叫什么名字？”他突然问道。

船长的脸皱了皱，狡猾地笑了。这让他看上去既恶毒又极其粗俗。

“见鬼，这么长时间都没有听到过这个名字，我自己都快想不起来了。不过三十年前，在这个岛上人们都叫我瑞德。”

他巨大的身躯颤抖着，嘴边一声低沉接近无声的笑，有些不堪入目，尼尔森不寒而栗。这极大地取悦了瑞德，泪水从他那布满血丝的眼睛里顺着脸颊流了下来。

尼尔森倒吸一口凉气，就在这时走进来一个女人。她是一个当地人，仪态威严，身材结实却不肥胖，肤色黝黑。本地人会随着年龄增长而肤色变黑、头发花白。她穿着一件黑色的长罩衫，薄薄的衣衫勾勒出丰满的乳房的轮廓。这个时刻来了。

她和尼尔森说了几件家务事，尼尔森做了回答。他不知道她有没有觉得他的声音不自然，就像他感觉的那样。她漠然地看了一眼坐在窗边椅子上的这个男人，然后走出了房间。这个时刻来了又走了。

尼尔森一时说不出话来。他莫名地颤抖着。然后他说：

“如果你能留下来和我一起吃顿饭，我会很高兴的。家常便饭而已。”

“可能不行，”瑞德说，“我还得去找那个叫格雷的家伙。我把带给他的东西给他，然后就走了。明天我还想回到阿皮亚。”

“那我派一个男孩和你一起去给你指路。”

“那就太好了。”

瑞德从椅子上站了起来，瑞典人则叫来了一名在种植园干活儿的男孩，告诉他船长想去哪里。男孩走上桥，瑞德准备跟着他走。”

“别掉下去了。”尼尔森说。

“绝对不会的。”

尼尔森看着他过了桥，当瑞德消失在椰子林中时，他依然一动不动。然后他重重地坐在椅子上。这就是那个妨碍他幸福的人吗？这就是莎莉多年来一直深爱着并苦苦等待的人吗？这太荒谬了。愤怒猛然间涌上他的心头，他本能地跳起来，砸碎了身边的一切。他被骗了。他们终于见面了，相见却不相识。他开始大笑起来，笑声中却没有高兴的意味，他的笑声越来越大，直到变得歇斯底里。上天跟他开了个残酷的玩笑。现在他已经老了。

最后莎莉进来告诉他晚餐准备好了。他在她面前坐下，强迫自己吃点东西。他心里想着，如果他现在告诉她，坐在椅子上的那个肥胖的老家伙就是年轻时抛弃她的情人，她会说些什么。这在多年以前，那时他还因为她没有让他得到幸福而恨她时，他会很高兴告诉她的。那时他想伤害她，就像她伤害他一样，因为他的仇恨就是他的爱。但是现在他不在乎了。他无精打采地耸了耸肩。

“那个男人来干什么？”这时她问。

他没有立刻回答。现在她也老了，一个又胖又老的当地妇女。他很奇怪，当时他为什么那么疯狂地爱着她。他曾经将自己灵魂中所有宝贵的东西都放在了她的脚下，而她却毫不在意。浪费，真是浪费！现在，他看着她的时候，心里只剩下鄙视。他的耐心终于耗尽了。他回答了她的问题。

“他是一艘纵帆船的船长，从阿皮亚来的。”

“是吗。”

“他给我带来了家里的消息，我的哥哥病得很重，我必须回去。”

“要回去很长时间吗？”

他耸了耸肩。

池 塘

查普林是阿皮亚大都会酒店的老板，当他把劳森介绍给我时，我并没有太在意。当时我们正坐在酒店的休息室里喝着早起后都要喝的鸡尾酒，听着岛上的各种八卦传闻。

今天是查普林做东。他是一名专业的采矿工程师，或许是个性使然，他定居在一个专业成就毫无用武之地的地方。不过，据说，他是一个极其聪明的采矿工程师。他身材矮小，不胖也不瘦，一头黑发中间夹杂着些许白发，有些谢顶，留着凌乱的小胡子；由于日晒和酒精的共同作用，他的脸色发红。尽管酒店的名字起得如此华丽，但其实只不过是一幢二层小楼。在这家酒店查普林有名无实，他只是名义上的老板，其实是他的妻子在管理着酒店。他的妻子是个身材高挑瘦削的澳大利亚女人，大约四五十岁，她总是一副盛气凌人、坚决果断的样子。小个子丈夫性情冲动、经常醉醺醺的，对他的妻子畏之如虎。即使是新来岛上的人也能很快听到夫妇俩吵架的声音，高个子妻子拳脚相加把小个子丈夫管得服服帖帖的。最出名的一次是，他有一次喝得酩酊大醉，被他妻子关在房间里待了二十四个小时。有人看见他因为不敢离开自己的房间，可怜巴巴地站在阳台上和下面街上的人说话。

查普林在岛上也算是个人物，他对自己丰富多彩生活的回忆，不管是真还是假，都让人觉得值得听一听。所以当劳森走进来时，我对他打扰了查普林的话还颇有些不满。尽管还未到中午，但他显然已经喝多了，我对他坚持再喝一杯鸡尾酒的提议毫无招架之力。我知道查普林的脑子已经不清醒了。按照通常的礼节下一轮我应该请他喝酒，让他活跃起来，但是这样查普林的妻子是不会给我好脸色的。

劳森的外貌毫无吸引人之处，他身材矮小，长脸，脸色蜡黄，窄小的下巴，高高隆起的鼻梁，黑色的眉毛乱糟糟的。这让他看上去颇显怪异。他的眼睛大且深邃，尤其醒目。他很高兴，但是在我看来却不太真诚，快乐只是流于表面，戴着面具欺骗世人。我怀疑这面具后面隐藏着他卑鄙的本性。显然他已经把自己包装成“一个风度翩翩的人”，友好和气。但是不知道为什么，我总感觉他狡猾诡诈。他用尖利刺耳的声音和查普林互相讲述着那些成为传奇的宾果游戏，在英国俱乐部夜晚饮酒狂欢的故事，还有那些狂饮威士忌的狩猎探险。其中他们最引以为豪的是去往悉尼的那次短途旅行，从上岸到起航，他们什么都不记得了。两头嗜酒如命的猪。但是即使两个人都喝下了四杯鸡尾酒，烂醉如泥时，劳森还是和粗俗的查普林有很大不同，他仍然是一派绅士风度。

最终他摇摇晃晃地从椅子上站起来。

“哦，我要回家了，”他说，“晚餐前见。”

“太太还好吧？”查普林说。

“好。”

他走了出去。这个单音节的回答让我颇觉怪异，我不禁抬头来。

劳森出了房门走进阳光下。“这家伙不错，”查普林直截了当地说，“数一数二，就是太贪杯了。”

这话从查普林嘴里说出来颇具幽默感。

“他喝醉了就想找人打架。”

“他经常喝醉吗？”

“一周有三四天都会喝得烂醉如泥。是这座岛把他变成了这副样子，还有埃塞尔。”

“埃塞尔是谁？”

“埃塞尔是他的妻子，是个混血儿。老布列瓦尔德的女儿。他曾经带她离开过这儿，但是没有办法，他适应不了外面的生活，现在他们又回来了。说不定哪一天他会上吊，如果之前他没有喝酒醉死的话。不错的伙计，就是喝醉了时让人讨厌。”

查普林响亮地打了一个嗝。

“我走了，我要把脑袋放到淋浴头下冲一冲。最后一杯酒我不应该喝的。让你难受的总是最后一杯酒。”

他迟疑地望着楼梯，然后下定了决心，走进带淋浴头的隔间里，随后又站起身来，脸上是不同寻常的凝重。

“和劳森结交对你会有好处，”他说，“他读过很多书，当他清醒的时候会让你吃惊的，他还很聪明，每次和他交谈你都会有收获。”

在几次这样的谈话中，查普林向我说出了整个故事。

傍晚，当我骑马沿着海岸线回来后发现劳森又出现在了酒店中。他把自己深深地埋进休息室中的藤椅中，目光呆滞地望着我。很明显，他今天下午一直喝酒。他有气无力的，郁郁寡欢，心怀怨恨。他的目光从我身上扫过，不过我能看出他并没有认出我来。还有两三个人也坐在那儿，正在扔骰子，没有人注意到他。人们对这种情况司空见惯。我坐下来开始玩。

“你们这群爱凑热闹的家伙。”劳森突然说道。

他从椅子上站起来，蜷曲着腿蹒跚着向门外走去。

这副模样不知道是滑稽可笑还是令人作呕，当劳森的身影不见，其中一个人开始窃笑。“劳森今天又喝了不少。”他说。

“如果我喝完酒也这副德行，”另一个人说，“我肯定会爬进马车不再出来。”

谁会想到这个可怜的家伙曾经是个浪漫的人，谁会想到这个可怜的家伙的人生中包含着理论家告诉我们的要达到悲剧效果所必需的可悲和恐怖的元素呢？

我已经有两三天没再见过他了。

一天晚上，我正坐在旅馆一楼的阳台上眺望着街上，劳森走了进来，坐在我身旁的椅子上，他今天相当清醒。他随意打了招呼，在听到我有些冷淡的回答后，笑了笑，用抱歉的语气说：

“那天我实在太糟糕了。”

我没有回答。真的没什么好说的。我把烟斗远远地拿开，放弃了让它驱赶蚊子这种徒劳的希望。看着当地人下班回家。他们迈着大步，缓慢地，谨慎而庄重，赤脚发出的啪嗒啪嗒的响声听起来有些怪异。他们深色的头发，或卷或直，常用酸橙染成白色，显得格外与众不同。他们通常身材高大魁梧。接着是所罗门岛上的一群契约用工走了过来，他们一边走一边唱着歌。他们比萨摩亚人要矮，身材要瘦小一些，他们有黑炭般的皮肤，大脑袋上毛茸茸的头发染成了红色。不时地有个白人驾着轻便马车或者骑马从这儿经过，驶入旅馆的院子里。远处的环礁湖中，两三艘纵帆船在宁静的水面投下它们优美的倒影。

“我不知道在这样一个地方除了喝酒还能干什么。”最终劳森说。

“你不喜欢萨摩亚吗？”我随口问道，寻找着话题。

“这儿是挺漂亮，不是吗？”

他用的“漂亮”这个词不足以描述这座岛难以想象的美，我笑了，微笑着看向他。然后我被他眼中的阴郁和无法忍受的痛苦表情吓住了。它们暴露出巨大的悲剧情感，我都不敢想象他能够承受。但是这种表情转瞬即逝，接着他笑了，笑得很单纯，甚至带着些许天真。这改变了他的整张脸，以至于我最初对他的厌恶之情也动摇了。

“我刚来的时候，把这里的每个地方都走遍了。”他说。

接下来是一阵沉默。

“三年前，我离开了这里，现在又回来了。”他犹豫着说，“我的妻子想要回来，她出生在这里，你知道的。”

“噢，是的。”

他再次沉默了下来，然后又说起罗伯特·路易斯·史蒂文森[①]。他问我是否去过维利马。不知是什么原因，他在尽力迎合我。他开始谈论史蒂文森的书，现在话题又转到了伦敦。

“我想伦敦科文特花园皇家歌剧院依然大受欢迎，”他说，“真想念那些歌剧。你看过《特里斯坦和伊索尔德》吗？”

他郑重地问我这些问题，好像答案对他来说真的很重要。可是当我有点漫不经心地回答他时，他看上去也很高兴。他开始说起瓦格纳，不是把他当成一个音乐家，而是当作一个平常人，说从他那里得到了难以言传的情感上的满足。

---

① 罗伯特·路易斯·史蒂文森（Robert Louis Stevenson，1850—1894）英国小说家。代表作品有《金银岛》《化身博士》等。

“我想拜罗伊特真的是一个值得去的地方，”他说，“可惜一直凑不够钱，没那个运气吧。不过，当然那儿比起科文特花园来还是略差一筹，那里灯光璀璨，女人们盛装打扮，令人倾倒。还有音乐。《女武神》的第一幕很不错，对吧？还有《特里斯坦》的结束部分，天哪，太棒了！”

现在他的双眼闪烁着光彩，脸也在发着光，这让他看上去完全是另外一个人。他蜡黄瘦削的脸颊升起红晕。我都忘了他的声音是多么沙哑难听。他的身上甚至散发着迷人的魅力。

“好吧，今天晚上我想去伦敦。你知道帕尔玛尔街餐厅吗？我以前经常去那儿。皮卡迪利广场的商铺灯火通明，人潮涌动。站在那里看着公交车和出租车川流不息地从眼前经过真是太棒了。我还喜欢斯特兰街。那首《上帝和查林十字街》的诗是怎么写来的？”

我吃了一惊。

“你是说汤普森[1]写的那首吗？”我问。

我背诵了起来：

“如此悲伤之时，你已不能更加悲伤，
哭泣吧，为你痛苦失去的，

---

① 弗朗西斯·汤普森，（Francis Thompson，1895—1970），英国诗人、评论家兼传记作家。

将照亮雅各的天梯的路，

横跨于天堂和查林十字街之间。”

他轻轻叹了口气。

“我读过《天堂的猎犬》，这首诗太棒了。”

“大家都这么认为。”我嘟囔着。

“在这儿你遇不到读书的人。他们认为这是在卖弄。”

他的脸上满是伤感。我想我知道了他接近我的原因。我是连接他与他抱憾失去的那个世界和无法得知的生活之间的纽带。因为不久前我刚从他热爱的伦敦来，他对我满怀敬畏和羡慕。大概有五分钟他都没有再继续说话，他突然开口，把我吓了一跳。

“我受够了，”他说，“我受够了。”

“那你为什么不离开这里呢？”我问他。

他的脸阴沉下来。

“我的肺不太好，我忍受不了英国的冬天。”

这时阳台上另一个人加入了我们，劳森陷入了伤感的沉默中。

“该去喝上一杯了，”新来的人说，“谁来和我一起喝上一杯威士忌？劳森？”

劳森似乎从遥远的另一个世界回过神来。他站起身。

“咱们下楼去酒吧吧。”他说。

他下楼离开后，我对他的感觉竟然比我想象的好了许多。我看不明白他，也让我对他产生了兴趣。几天以后我遇到了他妻子。我知道他已经结婚五六年了，所以当我看到他的妻子依然如此年轻时不禁吃了一惊。当他们结婚时她不会超过十六岁。他的妻子是个妩媚的美人。她的肤色不比西班牙人深，手脚纤细，身材小巧玲珑，体态优美，轻盈柔软。她的五官很是可爱，但是最吸引我的是她的五官非常精致，一般来说混血儿长相有些粗糙，但她的身上有一种精致的优雅，在她面前你会情不自禁地屏住呼吸。她很有教养，以至于你会惊讶于会在这样的环境中看到她。看到她你会情不自禁地想到拿破仑三世宫廷中那些绝世美女。虽然她身上穿的只是细棉布罩衣，戴着一顶草帽，但却让人联想到优雅的时尚女性。当劳森第一次见到她时，她肯定更加迷人。

那时他离开英国，管理一家英国银行在当地的分行。他在旱季开始时来到萨摩亚，住在宾馆的一个房间里。他很快结识了岛上各种各样的人。岛上的生活愉快而轻松。他很享受在宾馆的走廊里闲聊的悠长时光和在英国俱乐部里打桌球与大家度过的欢乐之夜。他喜欢环礁湖边上的阿皮亚，同样也喜欢岛上的商店、平房，还有当地人的村庄。到了周末，他会骑上马到某个庄园主家里，在山上住上一两天。在来这儿之前，他根本不知道什么是自由和休闲。他陶醉在阳光里。当他骑马穿过灌木丛，每次都会被周围的美景震惊。这里的乡村土地肥沃。森林里面还有一部分处于原始状态，里面奇树盘根错节，灌木丛生，茂盛的藤蔓给人神秘不安的感觉。

但让他着迷的地方还是离阿皮亚一两英里远的一个池塘，他晚上经常去那里洗澡。那里有一条小河，河水汩汩流过岩石，汇聚成一条湍急的小溪，形成了一个池塘，然后晶莹的河水继续漫过巨石，形成了一片浅水处。当地人有时会来这里洗澡洗衣服。生长在河两岸的椰子树林繁密茂盛，它们身上爬满了蔓生植物，在绿水中投下它们轻浮优雅的倒影。这种景色你可能会在德文郡的群山中看到，但还是有所不同，这里充满着热带的富饶、激情和芳香的慵懒气息，似乎能把心都融化。池塘里的水清爽干净，温度适宜，经过一天的燥热，跳进池塘洗个澡不禁感觉神清气爽，池塘的水不仅洗涤了身体，心灵仿佛也得到了净化。

劳森到这里的时候，周围一个人都没有。他在这儿消磨了好长时间，一会儿懒洋洋地漂在水面上，一会儿躺在傍晚的落日下把身体晒干，享受着此刻的孤独和友善的宁静。这时他不再为离开伦敦、不再为他放弃的生活而懊悔，因为现在的生活看上去完美而精致。

他就是在这里第一次见到了埃塞尔。

那天他为了信件能赶上第二天出发的每月一班的邮轮，写信写到很晚。天色转暗的时候他才骑着马来到池塘边。把马拴好，他信步来到岸边。一个女孩正坐在那儿。看到他的到来，女孩环顾四周，然后悄无声息地滑进了水里。她像仙女一样被凡人的靠近吓到然后消失了。他又惊又喜，在想她把自己藏在哪里了。他沿着小溪顺流而下，看到她正坐在一块岩石上。她看着他，眼里全无好奇之色。他用萨摩亚语大声地和她打招呼。

“塔罗发。”

她回应了他，突然笑了，然后又滑进了水里。她游得轻松惬意，头发在身后飘散开来。他注视着她游过池塘，爬上了岸。和当地人一样，她也穿着长罩衫，水把衣服打湿了，紧紧地贴着她纤细的身体。她甩了甩头发，随意地站在那里，简直就是水中或者林中充满野性的精灵。他看出她是个混血儿。他向她游过去，也上了岸，用英语和她交谈。

“你这么晚来游泳。”

她把头发向后一甩，浓密的卷发在肩上披散开来。

“我喜欢一个人游泳。”

“我也是。”

她大笑起来，笑声中带着当地人特有的率直纯真。她从头部开口处钻进一件干的长罩衫里，褪下湿的那件，从里面跨出来，把衣服拧干准备走了。她犹豫了一下，接着又漫步离开了。夜幕很快降临了。

劳森回到宾馆，向在走廊上掷骰子喝酒的人描述了他遇到的那个女孩，很快就知道她是谁了。女孩的父亲名叫布列瓦尔德，是个挪威人，经常可以看到他在国际大都会酒店喝兑了水的朗姆酒。他是个小老头，弯腰驼背和一棵老树一般。他来岛上已经四十年了，那时他在一艘帆船上当船员。他之前还做过铁匠、商人、种植园园主，一度还相当富裕。但是这很多东西被一场飓风毁了，只给他留下一个种植椰子树的小种植园。

他先后有过四任妻子，都是当地人。提到这儿他就会咯咯笑着说，他的孩子多得他都数不过来。不过有的夭折了，有的去外面的世界了，现在留在家里的只剩下了埃塞尔一个人。

“那是个美人，”“莫阿纳号”的押运员纳尔逊说，“我向她抛过一两次媚眼，但是都没管用。”

“老布列瓦尔德可不是那种傻瓜，伙计，”另一个叫米勒的人插话说道，“他要找一个能让他舒舒服服过完后半辈子的女婿。”

劳森很反感他们谈论那个女孩的方式，他提起了那艘即将起航的邮轮，成功地转移了他们的注意力。第二天晚上他又去了池塘。埃塞尔在那儿。神秘的落日，幽深宁静的池水还有优雅柔韧的椰子树，这一切都增添了她的美，给这份美赋予了魔力，让它更加深奥，激起了他内心深处莫名的情愫。

不知出于什么原因他现在不想过去和她打招呼。她没有注意到他的存在。她甚至都没有朝他的方向瞥上一眼。她在绿色的池塘里游来游去，时而潜入水中，时而到岸上休息，好像就是她一个人。他有一种奇怪的感觉，好像他是隐形的一般。

几行尚未完全遗忘的诗句和学生时代漫不经心学的希腊语的模糊记忆浮上心头。当她把湿衣服脱下来换上干衣服漫步离开了，他在她待过的地方发现了一朵红色的芙蓉花。这是她来洗澡时戴的，在她下水的时候摘了下来，走的时候或者是忘了或者是不想再戴上了，他把花拿起来放在手里，怀着奇特的感情去端详着，他本能地想要留下它，但是如此多情让他感到恼火，他把花扔掉了，看着它在溪水中顺流而下，他心里一阵剧痛。

他很想知道她本性中有什么奇怪的东西促使她在不可能有人去的那个隐蔽的池塘游泳。岛上的当地人都很喜欢水。他们每天都会洗澡，甚至一天洗两次，但是都是成群结队，有说有笑，一家人在一起洗。你经常会看到一群女孩子在溪流的浅滩处戏水，中间还有混血儿，阳光透过枝叶在她们身上洒下一片斑驳。看起来池塘好像有什么秘密，牵引着埃塞尔的意志，吸引着她。

夜幕降临，周围神秘而安静。为了不发出声响，他动作轻柔地入水，在温暖的黑暗中懒洋洋地游着。水中似乎还留着她纤细身体散发出来的芳香。星辰满天，他骑马回到了小镇，感觉整个世界都平静了。

现在他每天晚上都去池塘，每次都能看到埃塞尔。现在埃塞尔已经不再胆怯。她变得调皮又友好。池塘的水流湍急，他们一起坐在池塘上边的岩石上，并排躺在岩石的凸出处，俯视着池塘湍急的水流，看着池塘渐渐被黄昏笼罩在神秘之中。他们的见面不可避免地被人发现了——在南太平洋似乎每个人都没有秘密可言——酒店里的男人们和他开起了粗野的玩笑。他只是笑笑，并没有阻止他们。他们那些庸俗的提议都不值得他花时间去拒绝。他的感情是纯洁的。他对埃塞尔的爱就像是诗人对月亮的爱。他并没有把她当作一个女人，而是当作不属于这个星球的精灵。她是池塘中的精灵。

有一天在酒店中，在经过酒吧时。他看到了老布列瓦尔德站在那里，他和往常一样穿着那件破旧的蓝色外套。因为这是埃塞尔的父亲，所以他想过去和他打个招呼。他走进酒吧，点点头为自己点了一杯喝的，不在意地转向老布列瓦尔德，邀请他一起喝一杯。他们聊了一会儿当地的事情。劳森有些不安地觉察到，这个挪威人正用狡猾的蓝眼睛打量着他。他的方式让人不太舒服。这是一种谄媚，但在这个与命运抗争的老头畏缩神情的背后，还隐藏着昔日野蛮好斗的影子。劳森想起他曾经是一艘专做奴隶贸易的纵帆船上的船长，这种船在海上被称为“黑奴船”。他的胸前现在还有一块很大的伤疤，这是一次他和所罗门群岛上的人争斗后留下的。午餐铃响了。

“嗯，我得走了。”劳森说。

“有时间的话来我家坐坐吧，”老布列瓦尔德喘着粗气说，“我家算不上豪华，但是我们会热情招待，你认识埃塞尔。”

“我很荣幸。”

“那就定在星期天下午。”

老布列瓦尔德的平房破旧不堪，坐落在椰子种植园中，离通往维利马的主干路不远。房子的周围长着硕大的大蕉。

大蕉的叶子已经破败，就像是一个漂亮的女人穿着破烂的衣服，有种悲戚之美。这里到处邋里邋遢，显然无人整理。几只瘦小的黑猪，背脊高高隆起，到处找吃的，咯咯乱叫的鸡在散落在四处的垃圾里刨食。有三四个当地人懒洋洋地站在走廊里。劳森说要找老布列瓦尔德时，传来了老布列瓦尔德沙哑的声音。进屋后，他看到他正坐在客厅里吸着一根旧石楠烟斗。

“坐吧，就像在自己家里一样，”他说，“埃塞尔在梳妆打扮。”

埃塞尔走了进来。她穿着衬衫和裙子，头发也梳成了欧式的。虽然她现在没有每晚在池塘边的那种野性、羞怯的美，但是看上去更有烟火气息，因此也更易接近。她过来和他握了握手。这是劳森第一次碰到她的手。

“如果不介意的话，和我们一起喝杯茶吧。”她说。

他知道她曾经上过教会学校，看到她为了他才做出的待客礼仪，感觉有些好笑，却又有些感动。茶点已经在桌上摆好了，不一会儿，老布列瓦尔德的第四任妻子拿来了茶壶。她不是很年轻，但相貌端正，会说一点儿英语，始终微笑着。今天的茶点相当隆重，有很多黄油面包，还有很多种甜蛋糕。谈话也很正式。后来一个满脸皱纹的老太太静静地走了进来。

“这是埃塞尔的外祖母。”老布列瓦尔德说，往地上大声地吐了一口痰。

她不自在地坐在椅子的边缘，可以看出她很少这样坐，坐在地上她可能更自在。她一直用闪闪发亮的眼睛盯着劳森，没有开口说话。在平房后面的厨房里有人弹起了六角手风琴，两三个人跟着唱起了赞美诗。不过他们唱歌只是为了娱乐，并非出于虔诚。

劳森走回酒店后感到莫名的快乐。他被这种杂乱无章的生活方式打动了：布列瓦尔德夫人淳朴的微笑，小个子挪威人奇异的经历，老奶奶发亮的神秘的眼睛。他发现了不同寻常的东西，令人迷醉。这是他所知道的最自然的生活方式。这里更贴近友善、肥沃的大地。在这一刻他远离了文明，和这些保留原始天性的人稍有接触，他就感受到了更广阔的自由。

他开始厌倦了酒店，于是搬离了那里，一个人在一座小小的平房里住了下来。平房是白色的，里面干净整洁，面朝大海，眼前就是五彩斑斓的环礁湖。他爱这座美丽的小岛。现在伦敦和英格兰对他毫无意义。能在这个被世人遗忘的角落度过余生他就心满意足，这里有世界上最美好的东西——爱和幸福。他暗下决心，什么困难也不能阻止他迎娶埃塞尔。

然而没有什么困难。老布列瓦尔德家随时欢迎他的到访。这个老头竭力地讨好他，布列瓦尔德夫人的微笑就没停止过。他还看到了他们家的另外几个人。有一次他还看到了一个高个子年轻人和布列瓦尔德坐在一起，他身上有文身，腰上围着缠腰布。头发用酸橙染成了白色。据说这是老布列瓦尔德兄弟的孩子。但是人们都尽量避着他。埃塞尔见到他很高兴，眼中闪烁着陶醉的光芒。她迷人又单纯，他如痴如醉地听着她讲在教会学校里，还有那些修女的事情。他带她去看两周才放映一次的电影，接着又去舞会跳舞。因为乌波卢岛很少有这样的活动，所以岛上的各个地方的人都来了。你能看到各色人等。白人太太、小姐们大都独来独往，穿着美式服装的混血儿漂亮雅致，成群结队穿着长罩衫的黑皮肤姑娘们是当地人，还有不太习惯穿细帆布裤子和白色鞋子的年轻小伙子们。处处洋溢着活泼欢快的气氛。埃塞尔让她的朋友们一直看到她有一位始终陪伴她左右的白人追求者。很快便有传言说他有意要娶她，她的朋友们面带艳羡地看着她。混血儿能嫁给白人这事可非同小可。即使不太正常的关系也比没有关系好，但是谁也说不准以后会怎么样。劳森银行经理的职位让他成为岛上众人的焦点。如果他不是对埃塞尔如此着迷，他会注意到有许多双眼睛好奇地盯着他，他还会看到白人女士的目光，看到她们是如何把头凑在一起说八卦消息的。

后来，在上床休息前，住在酒店里的男人们喝着威士忌，纳尔逊突然大声说：

“嘿，听说劳森要娶那个女孩啦。”

“那他就是个该死的傻瓜。”米勒说。

米勒是一个德裔美国人，他原来的名字叫穆勒。他是个大胖子，秃顶，圆圆的脸上胡子刮得干干净净的。他戴着一副硕大的金丝眼镜，这让他看上去颇为和善，身上的细帆布裤子永远整洁白净。他嗜酒如命，随时准备着和“伙计们”喝个通宵，但是却从来没有喝醉过。他快乐开朗，但却颇为精明。没有人能够干扰他做生意。他是旧金山一家公司的代表，是岛上货物买卖的经纪人，经营印花平布、机械等各类商品，他善于交际部分也是出于工作需要。

“他不知道自己要面对什么，”纳尔逊说，“应该有人让他聪明一些。”

“如果你能接受我的建议，你就不会干涉你不关心的事情，”米勒说，“当一个人下定决心要自欺欺人时，没有人能拦住他。”

“我完全赞成和这里的女孩们玩一玩，但是谈到结婚——那绝对不行，一点没错。”

查普林也在这儿，他开口说道：

“我见过好多人这么做，的确没什么好结果。”

“你应该和他好好谈谈，查普林，”纳尔逊说，“这里面你是最了解他的。”

“我的建议是，纳尔逊你不要管他。”米勒说。

即使是那时候，劳森也不是很讨大家喜欢，没有人有兴趣去找这个麻烦。查普林夫人倒是和两三个白人太太说起过这事，但是她们最多也就是说句“这太可惜了”。当劳森明确地告诉她他打算结婚的时候，一切都为时已晚。

结婚的第一年劳森过得很幸福。他在阿皮亚港湾那里买了一座平房，紧挨着当地人的村子，坐落在迷人的椰树林中，面朝湛蓝的太平洋。埃塞尔在小房子里可爱地走来走去，轻盈优美得像是树林里的小动物。她非常快活，随口的胡言乱语也会让他们笑作一团。有时，酒店里的人也会过来待一个晚上。星期天的时候他们经常去某个和当地人结婚的农场主家里消磨一天。时不时地他们也会参加在阿皮亚开商店的混血儿商人们会举办的聚会。混血儿们对待他的态度现在也发生了很大的改变。他的婚姻使他成了他们中的一员，他们现在叫他“伯蒂”，他们会用双臂搂住他，亲切地轻拍他的后背。他喜欢看在这种聚会中的埃塞尔，这时的她明眸善睐，妙语如珠。看到她容光焕发幸福的样子，他发自内心地高兴。有时，埃塞尔的亲戚们也会过来，当然有老布列瓦尔德，还有她的母亲，还有她的堂兄弟们，还有说不上是什么关系的当地人。妇女们穿着长罩衫，男人和男孩们围着缠腰布，头发染成了红色，身上文着复杂精美的文身，从银行下班回家后总会看到他们坐在他家里，他们放肆地笑着。

“别让他们把我们家都吃光了。”他说。

“他们都是我的家人，他们来我这里，我总不能拒绝。”

他听说过，如果一个白人娶了当地人或者是混血儿，那他必须有这家人把他当作金矿的心理准备。他用手捧起埃塞尔的脸吻了吻她的红唇。也许他不能期待他的小妻子能明白，虽然他的薪水对单身汉来说绰绰有余，但要养活妻子、养家，还得精打细算。很快埃塞尔生下了一名男婴。

当劳森第一次把孩子抱在怀里的时候，心头突然一阵剧痛。他没想到孩子会这么黑，毕竟只有四分之一的当地人血统，没有理由不像英国孩子。但是，蜷缩在他怀里的孩子，脸色蜡黄，满头黑发，大大的黑眼睛，一看就是当地人的孩子。因为他的这桩婚姻，他已经被殖民地的白人女士们无视了。当他遇到他还是单身时经常去他家里吃饭的朋友们时，对方都倍感局促，他们尽力用夸张的热情掩饰他们的尴尬。

“劳森太太好吗？”他们会问。

“你真是个幸运的家伙。那真是个漂亮妞。”但是当他们跟自己的妻子一道遇见他和埃塞尔时，当他们的妻子傲慢地对埃塞尔点头时，他们都倍感尴尬。

“他们都是枯燥乏味的人，他们全都一样。”他说，“他们不邀请我们参加他们肮脏的聚会，还免得影响我晚上的休息呢。”

但现在他有些烦躁。

黑皮肤的婴儿脸上皱巴巴的。这就是他的儿子。他想起在阿皮亚的那些混血儿孩子们。他们看上去都不太健康，面色蜡黄，没有血色，一个个早熟得令人生厌。他看到过他们坐船去新西兰上学，只能上那种肯接收当地血统孩子的学校，他们挤在一起，死皮赖脸却又胆小怯懦，这些自然就把他们和白人区别开来。他们之间互相说着当地语言，当他们长大后，由于他们的血统，男人们只能拿到微薄的薪水。女孩或许还有机会嫁给白人，男孩只有娶和他们一样的混血儿或者甚至是当地人。劳森下定决心，一定要带他的儿子离开这里，摆脱这种耻辱的生活。不管付出什么代价，他都要回到欧洲。他进屋去看埃塞尔，她正躺在床上，虚弱却依然美丽。几个当地妇女围着她，这更增加了他的决心。如果他把她带离她的族人，那她就会完完全全属于他。他是那么热烈地爱着她，他想要她的身体和灵魂都属于他。他意识到她如此深地依附于当地的生活，总会有一部分不属于他。

出于保密的本能，他悄悄地回去工作了，他给在阿伯丁的一家船运公司当合伙人的表兄弟写信说，他的健康状况已经大有好转（这也是他来岛上的众多原因之一），似乎他没有理由不回到欧洲。他请求他尽自己的所能给他在迪赛德找份工作。因为那里特别适合他这种患有肺部疾病的人。从阿伯丁到萨摩亚的信件需要五六个星期的时间，而且这件事还需要好几次信函往来。他有足够的时间让埃塞尔做准备。埃塞尔高兴得像个孩子。他好笑地看着她向朋友们吹嘘她要去英国了。这对她来说是上了一个阶层。在那儿她就是英国人了。临近出发，她兴奋不已。终于，他们收到了一条电报，他将在金卡丁郡的一家银行任职时，她欣喜若狂。

漫长的旅途结束后，他们在苏格兰的一个小镇的一幢花岗岩房子里安顿下来，劳森意识到重新回到自己种族的生活对他是多么重要。回想他在阿皮亚三年如流亡般的生活，他松了口气，回到了唯一正常的生活。能再一次去打高尔夫感觉真好，还有去钓鱼——是那种真正的钓鱼，在太平洋里钓鱼毫无乐趣，那里你只需要把渔线扔进海里，就能从挤满鱼的大海里拉出某条反应迟钝的大鱼。从报纸上能看到当天的新闻，见到和你一个种族的男男女女和他们聊天，感觉真好。能吃到不必冷冻的肉，喝上新鲜的牛奶，感觉真好。和太平洋地区相比，这里更多地要依赖自己的资源。现在埃塞尔只属于他自己。经过两年的婚姻生活，现在的他比以前更爱她，他无法忍受她离开他的视线。他迫切需要他们之间更亲密的交流。但是奇怪的是，经过最初的兴奋之后，埃塞尔对她的新生活没有他期望的那么热衷。她不习惯周围的环境。她整天没精打采的。随着天气晴好的秋季慢慢转向冬季，她抱怨着寒冷的天气。她上午大半时间都躺在床上，一天中剩余的时间则蜷缩在沙发上，有时读读小说，但是更多的时候是什么也不做。她看上去苍白清瘦。

“没关系，亲爱的，”他说，“你会很快适应这里的。等到了夏天，这里和阿皮亚一样炎热。”

多年来他从未感觉如此健康如此强壮。

在萨摩亚她疏于收拾家务没什么，但是在这儿就不太合适了。如果有人来家里，他不想家里看上去凌乱不堪，这时他会笑着打趣埃塞尔几句，然后自己动手把家里收拾整齐。埃塞尔只是懒洋洋地看着他。她大部分时间都在和儿子玩耍，和儿子用他们国家的语言交流着。为了分散她的注意力，劳森打起精神和邻居们交朋友，时不时地参加小型聚会，女士们在唱起居室里的情歌，男士们则面带笑容温和地沉默着。埃塞尔很腼腆，她总是离他们远远地坐着。有时劳森会感到莫名的不安，这时他就会问她是不是感到幸福。

“是的，我很幸福。”她回答说。

但是她的眼睛里面有一些他猜不透的情绪。她似乎把自己隐藏了起来，他意识到，他现在对她的了解，并不比对在池塘边第一次遇到她的时候多。他隐隐感到不安，她似乎隐瞒着什么，因为他深爱着她，这种感觉让他备受折磨。

“你不后悔离开阿皮亚，对吧？”他再一次问她。

“哦，不后悔——我觉得这里很好。”

一种无法明言的顾虑让他对那座岛和岛上的人说了一些贬低的话。她笑了笑没有说话。极其少见的，她收到了来自萨摩亚的一大捆信，接下来的一两天她都是脸色苍白。

“没有什么能让我再回到那儿，”他又一次说，“那里不是白人待的地方。”

但是他觉察到有时他不在家时，埃塞尔会哭。在阿皮亚时她总是说个不停，说的都是日常生活中的小事，当地的一些八卦流言；但是现在她渐渐变得沉默，尽管他比以前更加努力地逗她开心，但是她依然看上去无精打采的。在他看来，他对过去生活的回忆正在把她从他身边拉走。这让他疯狂地嫉妒起那座岛、那片海、布列瓦尔德家人，还有现在他想起来就觉得恐惧的深色皮肤的人。每当她谈起萨摩亚时他只感到苦涩和讽刺。当白桦树绽放出新叶，晚春的一个晚上当他打完一轮高尔夫回家时，发现她并没有像往常一样躺在沙发上，而是站在窗前，明显是在等他回来。他一进房间就听到她说：

“我受够了，我没法在这儿待下去了，我讨厌这里，讨厌这里。”

让他吃惊的是，她竟然说的是萨摩亚语。

“看在上帝的份儿上，用文明的语言说话。”他怒气冲冲地喊道。

她走向他，以一种令人难堪的方式用胳膊抱住他的身体，这个动作颇有些野蛮人的感觉。

“咱们离开这里吧，咱们回萨摩亚去。如果你非让我待在这里我会死的，我想回家。”

她的情绪很激动，突然哭了起来。他的怒火消失了，把她抱在自己膝上，和她解释说，他不可能扔掉工作，毕竟要靠它养家糊口。他在阿皮亚的职位早就有人接替了。他没有回去的理由了。他试图和她讲道理让她明白，那里生活不便利，他们要面对的羞辱，还有将带给他们儿子的痛苦。

“苏格兰的教育和其他方面都很好，学校又好又便宜，他可以去阿伯丁的大学。我会让他成为真正的苏格兰人的。”

他们给自己的儿子起名叫安德鲁。劳森想让他成为一名医生，将来娶一位白人做妻子。

“作为混血儿我没感觉有什么羞耻。”埃塞尔脸色阴沉地说。

“当然没有，亲爱的。没有什么羞耻的。”

她柔软的脸颊贴着他的，他感到如此地无力。

“你不知道我有多么爱你，”他说，“只要能把我心里的想法告诉你，我愿意付出一切代价。”

他寻找她的嘴唇。

夏季来临了，高地山谷一片翠绿气味芬芳，山坡上开满了艳丽的石楠花。在这片庇护之地，阳光明媚的日子一个接着一个，从耀眼的大路走到白桦树的树荫下就令人欣喜不已。埃塞尔不再谈起萨摩亚，劳森也就没那么紧张了。他以为她慢慢适应了周围的环境，他觉得他对她的爱是如此热烈，她的心里已经没有别的渴求了。一天，当地的医生在街上拦住了他。

“嘿，劳森，你太太在我们高地的小溪里洗澡的时候应该注意一些，这儿不是太平洋，你知道。”

劳森吃了一惊，一时没想到要掩饰一下。

“我不知道她去洗澡。”

医生哈哈大笑。

“许多人都见过她。难免要议论一番，你知道的。不知道她为什么要选那里，那个池塘在大桥的上方，是不允许洗澡的，不过没什么害处。我不知道她是怎么忍受那儿的水的。”

劳森知道医生说的那个池塘，他一下子想起了在乌波卢埃塞尔习惯每晚都去的那个池塘，两者确实相似。一条清澈的高地小溪沿着山道蜿蜒而下，在岩石上溅起欢快的水花，然后汇集成了一汪幽深平滑的池塘。池塘的上方浓荫密布，这里的树木不是椰子树而是山毛榉。阳光通过树叶，在波光粼粼的水面留下斑驳的影子。

这让他感到震惊。他想象着，埃塞尔每天都去那里，在岸边脱下衣物，然后滑进水里。这里的水要比她深爱的家乡那里要冷上不少。有一瞬间，他仿佛找回了昔日的感觉，他仿佛又看到她变回了奇异充满野性的小溪的精灵，那么的不可思议，仿佛是流动的溪水在召唤她。那天下午他沿着河边走着，小心地在树木之间穿行着，小径上的青草降低了他的脚步声，他来到一处可以看到池塘的地方。埃塞尔正坐在河边，低头看着池塘的水。她静静地坐在那儿。仿佛池塘里的水对她有着不可抗拒的吸引力。他不知道她的脑子里有着怎样奇怪的想法。

终于，她站了起来，有一两分钟她消失在他的视线之内。过了一会儿她又出现了，她换上了长罩衫，赤足优雅地走过长满苔藓的河岸，来到水边。然后轻轻地，沉入水里，没有溅起一丝水花。她安静地四处游着，游泳的姿势像是一个精灵。他不知道为什么如此怪异地触动着他。他一直等到她爬出水面。她站了一会儿，湿淋淋的衣服紧紧地贴在她的身上，勾勒出身体的曲线。接着，双手慢慢从胸前拂过，她发出一声愉悦的叹息声，然后消失了。劳森转身回到小镇，心里一阵苦涩，因为他知道，她对他来说还是个陌生人，他那渴求的爱情注定永远得不到满足。

对于自己下午的所见，他丝毫没有提及。他完全没有理会这件事情，只是好奇地望着她，试图看穿她心中的想法。他加倍温柔地对她，想用他炙热的爱情让她忘却灵魂深处的渴望。

有一天，他回到家中，惊讶地发现她不在屋子里。

“太太去哪儿了？”他问女仆。

“她去阿伯丁了，先生，带着孩子一起，”女仆回答道，对他的问题有些吃惊，“她说她会乘坐末班车回来。”

“噢，好吧。”

他很恼火埃塞尔没有对他说出门的事，但并不感到担心，因为最近她时不时地去阿伯丁，他很高兴她去逛逛商店，或者去电影院。到了末班车的时间，他去接站，当她没有出现时，他突然害怕了。他回到卧室，立刻看到她的梳洗用品已经不见了。他打开衣柜和抽屉，都是半空的。她出走了。

愤怒占据了他的心。时间已经太晚了，无法打电话给阿伯丁那边询问，不过不去询问，他也已然知道结果了。她选的这个时间是多么的残忍巧妙啊，今天是他们银行定期做账的日子，根本没有可能追上她。他被工作困在了这里。他拿起一份报纸，看到第二天早上就有一班开往澳大利亚的船。她现在一定在赶往伦敦的路上。他无法抑制地发出痛苦的抽泣声。

“我已经为她做了我所能做的一切，”他大声喊道，“她竟然这么狠心地对待我，这也太残忍了，太残忍无情了！”

痛苦地过了两天以后，他收到了她的一封来信，是她那女学生般的笔迹，她写字一直都很费力。

亲爱的伯蒂：

我再也受不了了。我要回家了。

再见。

她一句抱歉的话都没有说，甚至都没有让他也过去。劳森悲痛欲绝。他找到那班船停靠的第一站，发了一封电报恳求她回来，尽管他明白她不会再回来。他痛苦焦急地等待着。希望她发来哪怕回复一个“爱”字。但是她甚至都没有回复。他经历了一阵又一阵狂躁的阶段。一会儿他告诉自己没有了她他会生活得更好，下一刻又会想把钱扣下，迫使她回来。他一个人凄惨孤独。他想自己的孩子也想她。他知道再怎么欺骗自己，他最后也只会做一件事情，那就是——和她一起回去。没有她他根本活不下去。他对未来的全部规划如同一屋子的纸牌，如今失去耐心的他，愤怒地把它们四处扔去。他不想在乎他是否扔掉了未来的机会，现在世界上没有比把埃塞尔重新找回来更重要。他以最快的速度赶往阿伯丁，告诉银行经理他要立即离开。经理表示反对。这样没有提前通知实在不便处理。劳森根本不理会这些理由，他一定要在下一艘船起航之前获得自由。直到他卖掉所有家当登上船，他才慢慢冷静下来。到了现在，那些和他有接触的人都觉得他神志不太正常。他在英格兰做的最后一个决定是给在阿皮亚的埃塞尔发电报说，他要去和她会合。

他又从悉尼给她发了一份电报。当他的船终于在黎明穿过阿皮亚的沙洲，再一次看到坐落在海湾边上的白色房屋时，心里升起巨大的解脱。同船的还有医生和一位代理，他们都是老相识了，看到熟悉的面孔让他倍感亲切。他们一起喝了一两杯叙叙旧，同时也抚慰他极度焦躁的情绪。他不确定埃塞尔是否愿意见他。当他乘坐的客轮抵达码头时，他焦急地在等在那里的一小群人里搜寻着。她并不在其中，他的心沉了下来。但是当他看到依然穿着蓝色旧外套的老布列瓦尔德时，心里又升起一股暖意。

“埃塞尔在哪儿？”他跳上岸，问道。

“她在平房里，和我们住在一起。”

他感到很失望，但是却做出一副愉快的样子。

“那么，有我住的地方吗？我保证一两周之后我们就能安顿好。”

“哦，有地方，我想我们能给你腾出地方来。”

通关后他们去了酒店，在那里劳森的几个老朋友等着给他接风。他和他们喝了很多酒才得以离开。终于到达老布列瓦尔德的家时，他们都很高兴。他双臂紧紧地抱住了埃塞尔，能再一次把她抱在怀中，他彻底忘了之前所有的痛苦。他的岳母，还有那个满脸皱纹的老太太，他岳母的母亲，见到他都很高兴。当地人和混血儿都来了，他们围坐在一起，面带微笑看着他。布列瓦尔德开了一瓶威士忌，给来的每个人都倒了一些。劳森抱着他深色皮肤的儿子，他已经脱下了在英国时穿的衣服，埃塞尔坐在他的身旁，穿着长罩衫。他感觉自己像个归家的浪子。下午他又去了酒店，回来的时候特别快活，他喝醉了。埃塞尔和她的母亲都知道白人时不时地就会醉上一场，她们笑着好脾气地扶他上床休息了。

一两天后他开始找工作。他明白自己不能指望再找个他在去英格兰之前丢掉的那种工作。但是以他的所受的教育，在一家贸易公司找点事做应该不难，或许这场变故最终并不会让他损失什么。

“毕竟，在银行上班也挣不了什么钱，”他说，“挣钱还得靠做贸易。”

他原本希望自己能早日成为不可或缺的人，然后当上合伙人，过几年他肯定能成为有钱人。

“一旦我安顿好，我们就会自己找个地方住，”他告诉埃塞尔，“我们不能一直在这里住下去。”

布列瓦尔德家里的平房很小，一家人挤在一起，根本没有机会独处。这里既不清净也没有隐私。

“嗯，不要着急。我们会一直在这里，找到我们合适的房子后我们再搬出去。”

一周以后，他在一个名叫贝恩的人开的公司那里找到了一份工作。但是当他和埃塞尔谈起搬家的事儿时，她说，在孩子出生前她想一直住在这里——她又怀孕了。劳森试着说服她。

“如果你不喜欢这里，”她说，“搬到酒店去住好了。”

他的脸色一下子苍白了。

“埃塞尔，你怎么能这么说！”

她耸了耸肩。

“我们可以住在这儿，自己的房子还有什么用？”

劳森让步了。

当劳森下班回到平房时，发现里面挤满了当地人。他们躺着抽烟、睡觉、喝卡瓦酒，不停地聊着。屋里又脏又乱，他的孩子和当地孩子一起在地上爬来爬去，只讲萨摩亚语。后来，他就养成了下班回家路上顺便去酒店喝上几杯鸡尾酒的习惯，因为他只有喝了酒以后才能面对那群友好的当地人。尽管他比以往更加热切地爱着她，他依然感觉到埃塞尔正在从他身边溜走。他的孩子出生后，他又提议他们应该搬进自己的房子里，但是埃塞尔拒绝了。在苏格兰的那段时间似乎让她更依赖当地人了，现在再一次回到他们中间，她无比热情地重新开始了当地人的生活方式。于是劳森喝得更多了。每个周六晚上他都去英国人俱乐部，醉得人事不省。

他还有一个毛病，喝醉了以后就爱和别人吵架。有一次，他和他的老板贝恩发生了激烈的争吵，贝恩便把他解雇了。他只好重新找工作。他一连两三个星期都无事可做，他也不愿意待在平房，于是就跑去酒店或者英国人俱乐部里喝酒消磨时间。出于同情，那个德裔美国人米勒答应雇用他，但是他是一个生意人，尽管劳森的财务专长有其价值，但是米勒毫不犹豫地给他提供了一个职位，哪怕薪水比原来低他也无法拒绝。埃塞尔和布列瓦尔德则埋怨他答应了这件事，因为混血儿培德森那儿给的薪水更高，但是想到要听从一个混血儿的命令，他便愤恨不已。当埃塞尔有一次叨唠他时，他大发雷霆：“我宁死也不会去给那个黑鬼干活。”

“没准儿你还只能去呢。”她说。

六个月以后，他最终发现自己只能去接受这份羞辱。嗜酒成性让他经常烂醉如泥，因此他的工作一团糟。米勒警告过他一两次，但是劳森不是能轻易接受劝诫的人。有一天两人发生了争吵，他戴上帽子就走出门去。现在他的名声已人尽皆知，没人肯用他了。有一阵子他无所事事，到处闲逛，后来他得了震颤性谵妄[①]。病好了，他身体虚弱又觉得丢脸，再也无力抵抗压力，只能去找培德森求他给自己一份工作。培德森很高兴有个白人在自己店里，而且劳森的会计技能也很有用。

从这以后，劳森更加堕落了。白人们对他很冷淡。只是出于怜悯，还有害怕他喝醉后疯狂的暴力行为才没有和他彻底断绝关系。他变得极其敏感，总是感觉受到了侮辱冒犯。

现在他的生活之中只有当地人和混血儿，他已经没有了白人的威望。他们感觉到他对他们的厌恶，因此憎恨于他高人一等的态度。他现在就是他们中的一员，不明白他还摆什么架子。布列瓦尔德以前对他又是奉承又是讨好，现在却对他不屑一顾，说埃塞尔做了赔本的买卖，家里因此吵闹不断，颇不光彩，有一两次这两个男人还动起手来。每当这时候，埃塞尔总是站在她的家人这一边。他们发现他喝醉了比清醒的时候好，因为喝醉后他会直

① 因酒精慢性中毒引起的一种精神障碍疾病。

接在床上或者地上一躺，呼呼大睡。

等他清醒过来就感觉他们有事瞒着他。

当他回到平房吃一顿半当地化的寒酸晚饭时，经常发现埃塞尔不在家。如果他问埃塞尔去哪儿了，布列瓦尔德就会告诉他，她和一两个朋友出去玩了。有一次劳森跟着她来到布列瓦尔德说的那个朋友家，却发现她不在。回来后劳森问她晚上去哪儿了，她说是他父亲记错了，她去的是某某家。但他知道她是在撒谎，她穿着她最漂亮的衣服，眼睛闪闪发光，看上去迷人极了。

“不要和我耍花招，我的姑娘，”他说，“否则我会把你身上的每一块骨头都敲断。”

“你这个醉醺醺的畜生。”她轻蔑地说。

他能想象得出，布列瓦尔德太太和她的母亲正在恶毒地盯着他。他认定这几天布列瓦尔德对他很是和气，是因为他暗中已有了对付他这个女婿的计划。接下来，他的疑心更重了，他感觉白人们都向他投来好奇的目光。当他走进酒店的大堂时，人们就会突然陷入沉默。这让他更加确信，他是人们谈话的主题。肯定发生了什么，大家都知道，只有他一个人蒙在鼓里。他断定埃塞尔和某个白人有了私情，他一个挨一个地仔细观察着，但是没有找到任何线索。他感到无助，因为他无法确定怀疑对象，他像失去理智的疯子一样到处乱转，寻找目标发泄怒火。最后，他终于找到了一个，可是和其他人相比，他是最不应该成为他发泄对象的人。

一天下午，他正一个人心烦气躁地坐在酒店里，查普林走进来坐在了他旁边。查普林或许是岛上唯一一个还同情他的人。他们要了点喝的，聊了一会儿即将开始的赛事，然后查普林说："我想我们该花钱置办些新衣服了。"

劳森暗自好笑。因为查普林太太掌握经济大权，如果他想要买件衣服，肯定得要他太太伸手要钱。

"你太太好吗？"查普林问，尽量显得友好。

"见鬼，这和你有什么关系？"劳森说，两道浓眉拧成了一团。

"我只是随便问一下。"

"哼，还是把这些随便的问题自己留着吧。"

查普林不是一个有耐心的人，长期地生活在热带，威士忌，还有家庭琐事，让他的脾气并不比劳森好多少。

"听着，伙计，在我的酒店你最好老实点，否则一眨眼工夫你就会被扔到大街上。"

劳森的阴沉的脸涨成了猪肝色。

"今天我告诉你，你也可以告诉其他人，"他气喘吁吁地说，"如果你们中有人敢打我妻子的主意，最好当心点儿。"

"你认为谁要打你妻子的主意？"

"我没你们想的那么愚蠢。别人能看见的一样也逃不过我的眼睛。我直接警告你，就这样。我可忍受不了这些鬼把戏，绝对不能。"

“听着，你最好马上滚，清醒了再过来。”

“我想走的时候我才会走，早一分钟都不行。”劳森说。

这明显是令人尴尬的吹嘘，因为多年酒店经营的经历让查普林掌握了一种独特的本领，专门用来对付那些宁愿把他们撵出去的“绅士”。劳森的话还没说完就被人拎起衣领，抓住胳膊，强行推搡到大街上。他踉踉跄跄地下了台阶，来到刺眼的阳光下。

正是由于下午发生的事情，他和埃塞尔爆发了第一次暴力冲突。他受到了羞辱不想再去酒店，所以下午回家时间比往常要早一些。他看到埃塞尔正在打扮准备出门。平时她在家通常穿着长罩衫，赤足，黑发上再别上一朵花。但是现在，她穿着白色丝绸的长袜，高跟鞋，还穿上了粉色的细平布的连衣裙，那是她最新的一件衣服。

“你今天打扮得这么漂亮，”他说，“打算去哪儿？”

“我要去克罗斯利家。”

“我和你一起去。”

“为什么？”她冷冷地问。

“我不想总是让你一个人出去。”

“没人邀请你。”

“我才不在乎这些见鬼的东西呢。没有我，你哪儿也别想去。”

“你先去躺一会儿，我还没准备好。”

她以为他喝醉了，一旦他在床上躺下很快就会睡着。他坐在椅子上开始吸烟。她看着他感觉越来越恼火。当她收拾好，他站了起来。今天家里碰巧没有别人。布列瓦尔德在庄园里干活儿，他的妻子去了阿皮亚。只剩下埃塞尔独自一人面对他。

“我不和你一起去，你喝醉了。”

“胡说，没有我你也别想去。”

她耸了耸肩试图从他身边走过去，但他抓住了她的胳膊，抱住了她。

“放开我，你这个魔鬼。”她用萨摩亚语大喊起来。

“你为什么不想和我一起去？我没告诉过你不要在我面前耍花招吗？”

她愤怒地攥起拳头打在他的脸上。他顿时失控了，他所有的爱，所有的恨都浮上心头，他一下子发狂了。

“看我怎么教训你，”他大喊起来，“看我怎么教训你。”

他手边恰好有一根马鞭，他用马鞭开始抽打她，她尖叫起来，尖叫声让他更加疯狂，他不停地抽打她，一鞭接着一鞭。她的尖叫声响彻整座房子，他一边抽打一边咒骂着，然后把她扔到床上。她躺在那里又疼又怕地抽泣着。他扔下马鞭冲出房门。埃塞尔听到他走了，便止住哭声，小心地环顾四周，从床上爬了起来。她虽然很疼，但是伤得却不重，开始关心她的新衣服有没有弄坏。当地女人对挨打并不陌生。他做的这些并没有让她出离愤怒。她望向镜子里的自己，把凌乱的头发整理好，她的眼睛闪着光，里面有着异样的神采。也许这时她比以前更爱他了吧。

劳森慌不择路地往前跑，跌跌撞撞地穿过种植园，耗尽了全身的力气，虚弱得像个孩子，跌倒在一棵树下。他既痛苦又感到羞耻。想到埃塞尔，一种无法抑制的温柔的爱意浮上心头，仿佛全身的骨头都变软了。他想到了过去，想到了他的期望，他被自己的所作所为吓住了。他比任何时候都想她，他想把她抱在怀里。他必须马上去找她。他站起身来，可是身体太虚弱，他走起路来摇摇晃晃的。他走进房子时，看到她正坐在狭小的卧室里照镜子。

“哦，埃塞尔，原谅我。我真为自己感到羞愧，我都不知道自己做了什么。”

他双膝跪在她面前，小心翼翼地摸着她的裙子。

“我都不敢想自己做了什么，太可怕了。我想我肯定是疯了。世界上没有人比我更爱你。我愿意做任何事情只要能减轻我刚才带给你的痛苦。我永远也无法原谅自己，但是看在上帝的份儿上，请你原谅我。”

她的尖叫声还在耳边回响，让人难以忍受。她静静地看着他。他试图抓住她的双手，泪水从眼中成串地流下。他羞愧地把脸藏在她的大腿上，脆弱的身体随着抽泣颤抖着。她的脸上浮现出蔑视的神情。她有着当地女人的思想，一个男人在女人面前卑躬屈膝是会让女人鄙视的。没骨气的东西！这一刻她几乎觉得他脑子肯定有问题，他像一只癞皮狗一样匍匐在她脚下。她略带蔑视地踢了他一脚。

“出去，”她说，“我恨你。”

他试图抱住她，但是被推到了一边。她站起身来开始把身上的衣服脱掉，把鞋子也踢掉，从脚上脱下袜子，然后换上了原来那件旧长罩衫。

“你要去哪儿？”

“关你什么事？我要去池塘。”

“让我和你一起去吧。”他说。

他就像个孩子一样请求着。

“你就这样丢下我吗？”

他用手捂住脸，痛苦地哭泣着，而她的目光冷酷淡漠，从他身边走过，出去了。

从那时起她就彻底看不起他了。现在一大家子挤在这一座小平房里，劳森、埃塞尔和他们的两个孩子，布列瓦尔德、他的妻子以及他妻子的母亲，还有那些不断登门造访说不清楚是什么亲戚的人，他们只得过着拥挤的日子。劳森不再是什么重要人物了，几乎没有人注意到他。他早上吃完早饭就走，回来只是为了吃晚饭，他已经放弃了挣扎。当他因为没钱不能去英国人俱乐部时，晚上他就和老布列瓦尔德和他的亲戚们打红心牌。除了喝醉的时候，他都是一副胆小怕事无精打采的模样。埃塞尔对他就像狗一样。有时她屈服于他失控的情绪，被跟他失控后的仇恨吓坏；但是过一会儿他又开始畏畏缩缩哭哭啼啼，让她恨不得唾他一口唾沫。有时他很暴力，但是她已经有所准备了，他打她的时候她也会对他连踢带咬。他们两个经常打得很凶，有时埃塞尔还会占上风。很快，整个阿皮亚都知道他们关系恶劣。没人同情劳森，酒店里的住客们大多数都奇怪，为什么老布列瓦尔德没有把劳森踢出门去。

“布列瓦尔德可不是个好对付的家伙，”他们中有人说道，“如果哪一天，他用一梭子弹把劳森打透，我一点儿都不会感到奇怪。”

埃塞尔晚上依然还去那片寂静的池塘洗澡。那里似乎对她有着异乎寻常的吸引力。就像是获得灵魂的美人鱼渴望清凉咸涩的大海；有时劳森也去。我不知道是什么促使他去，因为看到劳森，埃塞尔明显很生气。或者是想在此处重温初见她时心中纯粹的喜悦，或许仅仅是因为爱而不得的疯狂，出于只要他不放弃就能得到爱的执念。一天，他闲逛到这里，心里有一种从未有过的感觉，突然心里前所未有地宁静。夜幕降临，暮色犹如一片薄薄的云附着在椰子树叶上。微风静静地吹过。一轮新月悬在头顶。他沿路走向岸边，他看到埃塞尔仰面浮在水上，头发飘散开来，手里拿着一朵大大的木槿花。他停下脚步欣赏着她，她就像奥菲莉亚[①]。

“嘿，埃塞尔。”他高兴地喊道。

她吓了一跳，手里的花掉到了水里，然后被水冲走了。她的

---

① 莎士比亚剧作《哈姆雷特》中的人物。

手在水里划了一两下，意识到水没有那么深，就站了起来。

“滚开，”她说，“滚开。”

他大笑起来。

“别那么小气，这里能容得下我们两个人。”

“你为什么就不能离我远点儿？我想一个人待会儿。”

“瞧你说的，我也要洗个澡。”他好脾气地回答。

“去桥那边，我不想你在这儿。”

“那就抱歉了。”他依然微笑着。

他一点儿都没有生气，也没有注意到她的愤怒，开始脱掉外套。

“滚开，”她尖叫着，“我不会让你在这儿的。你就不能离我远点吗？滚开。”

“别犯傻，亲爱的。”

她弯腰捡起一块尖利的石头，生气地朝他扔过去。他来不及闪躲。石块击中了他的太阳穴。他大叫一声用手捂住头，拿开一看，手上全是黏黏的鲜血。埃塞尔还站在那儿，气得直喘粗气。他的脸色变得苍白，拿起外套，一言不发地走了。埃塞尔重新躺回水里，水流带着她漂向浅水处。

那个石块给他留下了一条锯齿状的伤口，那一段时间里劳森走到哪儿头上都缠着绷带。他为这次受伤编造了借口以应付俱乐部里那些家伙们的询问，但是没有说的机会。没有人提起这件事，他们只是朝他的脑袋偷偷地瞥上几眼，什么也没说。不说话只能意味着他们知道他受伤的原因。他现在确信埃塞尔有个情人，他们所有人都知道是谁。但是他却一点线索都没有。他从来没看见过埃塞尔和谁在一起，也没有表现出想和谁在一起，或者以奇怪的方式对待谁。怒火得不到宣泄，他只能喝酒，越喝越凶。在我来岛上的前几天，他又得了震颤谵妄症。

我是在一个名叫卡斯特的人家里遇见埃塞尔的，卡斯特的妻子是个当地人，他们住的地方离阿皮亚两三英里。我和他一起打网球，玩累了以后他提议去喝杯茶。我们走进房里，看到在凌乱的客厅里，埃塞尔正在和卡斯特太太聊天。

“嘿，埃塞尔，”他说，“我不知道你来了。”

我忍不住好奇看着她，试图从她身上找到是什么能激起劳森不顾一切的爱情，但是这种事情有谁能说得清呢？她的确很可爱，像是红色的木槿花，这是萨摩亚常见的一种树篱花卉，优雅、慵懒、热情，尽管我已经知道了不少关于她的传闻，但还是惊讶于她的亮丽和单纯。她很安静，看上去还有一点害羞。在她身上看不到一点粗鲁和俗艳的影子。她不像别的混血儿那样活力四射，很难想象她会是那个人尽皆知夫妻动手打架恐怖画面中的悍妇。她穿着漂亮的粉色连衣裙、高跟鞋，俨然是一副欧洲人的样子。如果不是看到，你无法想象，在当地生活这种黑暗背景下她会感觉如此自在。我并不认为她有多么聪明，如果一个男人在和她生活一段时间后激情退去转为厌倦，我一点儿也不会感到吃惊。她难以捕捉的天性，就像一个想法从意识中闪过，在你用语言描述它们之前又消失了，构成了她独特的魅力。但这也许只是我的想象，如果我对她的事情一无所知的话，她在我眼中恐怕只是一个没什么特别的、漂亮的混血儿小女孩。

她和我聊了很多话题，都是和刚来岛上的人谈的话题，旅途怎么样，在帕帕瑟滑过滑水岩没有，打算住在当地人村子里吗。她还和我谈起了苏格兰，我注意到她似乎很愿意谈谈她在那儿住得多么豪华，她还天真地问我认不认识这位太太那位太太，这些人都是她在北方时结识的。

过了一会儿，那个德裔美国人，大胖子米勒走了进来。他热情地和在座的每个人握了手，然后坐下来，高声要了一杯加苏打水的威士忌，声音颇令人愉快。他是个胖子，很容易出汗。他摘掉金丝眼镜，擦拭着上面的汗水。这时你可以看到他本来在大大的圆形镜片后显得和善的小眼睛，摘下眼镜后闪着精明狡猾的光芒。米勒是个令人愉快的家伙，很会调节气氛，随着他的到来，聚会一扫原来的沉闷。很快，就有两个女人——埃塞尔和我朋友的妻子被他的俏皮话逗得哈哈大笑。在岛上他是出了名的能讨女人喜欢。你可以看到这个又老又丑、看上去让人恶心的胖子依然有着魅力。他的诙谐幽默正好符合周围人的理解水平，言语间活力四射，自信满满。他的西方口音给他的讲述增加了特别的魅力。最后，他转向我说：

“好了，如果我们想回去吃晚饭的话，现在就得出发了。如果你愿意的话，我用车带你回去。”

我对他表示了感谢，站起身来。他又和其他人握过手，大踏步地走出房间，爬进了他的车里。

“劳森的妻子相当漂亮。”我说。车子向前驶去。

“他待她太糟糕了，经常殴打她。我一听到男人打女人就火冒三丈。”

车子继续向前走着。然后他说：

“他真是个该死的傻瓜，竟然和她结婚——当时我就说了。如果现在他没有结婚，她肯定会对他言听计从的。他就是个孬种，没错，他就是个孬种。”

到了年底的时候，我该离开萨摩亚了。我订了1月4日开往悉尼的船。圣诞节是在酒店度过的，酒店里还举办了庆祝仪式，但看起来不过是新年节目的预演。习惯于聚集在大厅的人们决定要在新年夜前夕好好地玩上一晚上。

大家一起热热闹闹地吃了一顿晚饭后，漫步来到英国人俱乐部打台球。这是一幢小小的木屋。一群人说着，笑着，有人开始下注。有些人球技欠佳，但是米勒不在此列，他和别人一样也喝多了，年纪还比他们大上许多，但他眼神依然锐利，出手沉稳，风趣优雅地把那些年轻人的钱收入自己的口袋中。这样玩了一个小时，我感觉有些累了，便走了出去。我穿过马路来到沙滩上。沙滩上的三棵椰树此刻犹如三位月亮女神在等待她们的情人跃出海面。我坐在一棵椰树下，望着环礁湖和夜色中璀璨的群星。

我不知道劳森今天晚上去哪儿了，在十点多钟的时候，他来到了俱乐部。他脚步蹒跚地走在尘土飞扬、空旷的路上，神情麻木倦怠。走进俱乐部后，在去台球室之前，他先去酒吧自己一个人喝了杯酒。他现在看到有许多白人聚在一起，有点羞于去加入他们，他需要喝点酒给自己壮壮胆。他正拿着酒杯站在那里的时候，米勒朝他走了过来。米勒身上只穿着衬衫，手里还拿着球杆。他朝侍者瞥了一眼。

“你先出去，杰克。”他说。

侍者是一个当地人，穿着白色外套，系了一条红色的缠腰布，一句话也没说便轻手轻脚地出了房间。

“听着，我一直想和你说几句话，劳森。”这个大个子美国人说。

“这倒是这个该死的岛上能免费得到的为数不多的东西。”

米勒正了正他的金丝眼镜，冷静果决的目光盯着劳森。

“听着，年轻人，我知道你一直在殴打劳森夫人，我不会再容许你这么做的，如果你不马上停止的话，我会把你这副脏兮兮的小身板里的每根骨头都敲碎。”

接下来劳森知道了他一直要找的人是他。这个男人，肥胖、秃顶、圆圆的大脸、双下巴、金丝眼镜，他的年龄、和善精明的外貌就像是一个叛教的牧师，一想到纤细纯真的埃塞尔，他突然感到一阵恐惧。不管劳森有多少缺点，但却绝不是个懦夫。他一言不发，出手就给了米勒一记重拳，米勒反应很快，用握球杆的手抵挡，紧接着使劲抬起右手，一拳打在了劳森的耳朵上。劳森比他矮四英寸，体型瘦小虚弱，这不仅仅是因为疾病、令人萎靡的热带气候，还因为酗酒。他就像一根木头一样倒了下去，半昏迷躺在了吧台下。米勒摘下金丝眼镜，拿起手帕擦了擦。

“你现在该明白有什么后果了吧，这是给你的警告，你最好记着点儿。”

他拿起球杆回到台球室。里面人声嘈杂，没人知道发生了什么。劳森从地上爬起来，用手捂住耳朵，耳朵还在嗡嗡作响。接着他悄悄地溜出了俱乐部。

我看到一个人穿过马路，因为是晚上，只看到一个白色的身影，看不清楚是谁。他走到沙滩上，从我身边走过，坐在了另一棵树下，低头不语。这时我认出来是劳森，显然他是喝醉了。他站起身来，犹豫着又往前走了两三步，然后又折回来，朝我走过来，弯下腰盯着我的脸。

“我知道就是你。”他说。

他坐下来，掏出烟斗。

“俱乐部又热又吵。”我主动说。

“你为什么坐在这儿？”

“我在等大教堂的午夜弥撒。”

“如果你愿意的话，我和你一起去。”

劳森现在很清醒。我们坐着默默地吸了会儿烟。环礁湖里不时有大鱼跃起掀起水花，可以看到在离礁石开口不远有一艘纵帆船的灯光。

“下周你就要走了，对吧？”他说。

“对。”

“又可以回家了，真让人高兴。但是我现在忍受不了那种寒冷了。”

“想象一下现在在英格兰人正围着炉火瑟瑟发抖，感觉真是奇怪。”我说。

周围一丝风都没有。流露着芳香的夜晚像是被施了魔法。我只穿了一件薄薄的衬衫和一条细帆布裤子。手脚尽情地舒展开来，我惬意地享受着夜晚的慵懒。

“新年夜前夕可不是规划未来的好时候。”我笑着说。

他没有回答，但是我不知道我随意说的这番话让他想起了什么。过了一会儿，他突然开口说话，声音低沉，面无表情，但是语调文雅，在受过他刺耳的重重的鼻音加上粗俗的语调折磨之后，此时的语调听起来真是一种解脱。

“我把事情搞得一团糟。很明显是这样，对吧？我现在掉在了谷底，找不到出去的路。‘我看见层层无底的黑暗。’①”我能感觉到他在读这句诗时在微笑，“奇怪的是我不知道自己哪里做错了。”

我屏住呼吸，因为在我看来，没有什么比一个人向你敞开自

---

① 出自英国诗人威廉·埃内斯特·亨利（William Ernest Henley，1849—1903）的名篇《不可征服》。

己赤裸的灵魂更让人敬畏的了。然后你就会明白不管一个人有多么卑微多么粗鄙，他的身上仍然会有让人同情的闪光之处。

“如果我能看清楚这一切都是我的错，事情也许就不会这么糟糕了。我是经常喝酒，这是事实，但是如果事情是另外一番景象，我是不会喝的。我不是真的爱喝酒。我想我是不应该娶埃塞尔。如果我没有娶她，就不会这么糟糕了。但是我是真的很爱她。”

他的声音有些迟疑。

“她不是坏人，你知道，真的不坏，只是运气太差了。我们本来应该非常幸福的。当她出走的时候，我就应该放她走，但是我实在做不到——那时我一刻也离不开她，而且还有孩子。”

“你喜欢孩子们吗？”

“以前喜欢，有两个孩子。但是现在他们对我来说没那么重要了。从哪儿看你都会把他们当作当地人的。我和他们说话都得用萨摩亚语。”

“现在重新开始太晚了吗？你就不能鼓起勇气离开这个地方吗？”

“我没有力气了。我累了。”

“你还爱着你的妻子吗？”

“现在不爱了，现在不爱了。”他重复着这句话，声音里带着恐惧，“到现在我甚至都不明白。我完了。”

大教堂的钟声敲响了。

“如果你真的想去参加午夜的弥撒，咱们现在就走吧。”

“走吧。”

我们站起来沿着大路朝教堂走去。这座白色的大教堂面朝大海，给人留下了深刻的印象，它的旁边是几个新教徒的小教堂，样子有点像会议厅。在路上可以看到两三辆汽车，更多的是轻便马车。马车们都停放在了路边。人们从岛上的各个地方赶过来，透过敞开的大门，可以看到教堂里面挤满了人。高高的圣坛灯火通明。这里白人的数量最少，其次是混血儿，最多的还是当地人。所有的人都穿着长裤，因为教会认定缠腰布有失体面。我们在教堂后面看到还有空位便坐了下来。顺着劳森的目光，我看到埃塞尔和一群混血儿走了进来。他们都是盛装打扮，男人们戴着高高的硬领，女人们则戴着漂亮的大帽子。走过通道时，埃塞尔不住地朝她的朋友们点头示意。弥撒开始了。

活动结束后，我和劳森起身在一旁站了一会儿，看着人流往外走，然后他伸出手来。

“晚安，”他说，“祝你旅途一路顺利。”

“哦，不过我认为我走之前还会见到你。”

他嘴角扯出一丝微笑。

“问题是你会见到喝醉的我还是清醒的我。”

他转身走了，可那双在乱糟糟的眉毛下闪烁着疯狂光芒的大大的黑眼睛还浮现在我的脑海里。我犹豫不决地停了下来。我现在毫无倦意，想着无论如何都要去俱乐部再待一个小时，然后再去上床休息。当我到达俱乐部时发现台球室空无一人，不过六个人围坐在休息室的一张桌子旁打扑克。我进来时米勒抬起头来。

“坐下玩一把吧。”他说。

“好。”

我换了一些筹码开始玩。打扑克应该是世界上最好玩的游戏了，我原来只想玩一小时，后来不知不觉地玩了两小时，后来到了三个小时。

那个当地侍者讨喜殷勤，尽管时间已经很晚了，但他还是不离左右地给我们拿喝的，还不知从哪儿弄来了火腿和面包。我们继续玩着。他们几个人都喝多了，玩得越来越尽兴，无所顾忌。我玩得比较谨慎，既不打算赢也不担心输，只是饶有兴趣地看着米勒。他和别人一杯接一杯地喝着，却依然保持着冷静和头脑的清醒，他的筹码越堆越多。他的面前有一张干净的纸条，上面记的是他借出去的金额。他笑容满面地亲切看着输钱给他的那些年轻人，不停地讲着笑话和趣闻逸事，但从来没错过一张牌，也不会让任何表情逃过他的眼睛。终于，黎明带着羞涩悄悄爬进窗户，好像它不应该来这里似的，又是新的一天了。

“好了，”米勒说，“咱们以自己独特的方式送别了过去的一年。现在咱们再来一轮大奖，然后我就得进蚊帐休息了。别忘了，我都五十岁了，熬不了夜了。”

早晨美丽而清新，我们站在阳台上望向远处的环礁湖，此时的环礁湖就像是一面五颜六色的玻璃。有人提议说，上床休息前去泡个澡，不过没人想去环礁湖里洗，因为那里的水黏糊糊的，在里面也不安全。米勒的车就停在门口，我们可以坐车去池塘里洗。我们跳上车，沿着空旷的大路向前驶去。当我们到达池塘时，这里似乎天还没亮。水面还笼罩在树的阴影之下，夜还静静地蛰伏在这里，没有离去。我们兴致勃勃地开始了，我们既没带毛巾也没带换洗衣物，出于谨慎，我不禁想一会儿我们该怎么样擦干身子。我们都穿得不多，很快就脱光了，纳尔逊，那个小个子押运员，是第一个脱光的。

“我要下到池塘底去。”他说。

他跳进水里，然后第二个人也跳了进去，但是跳得很浅，他比纳尔逊先一步钻出了水面。紧接着，纳尔逊也跳了出来，在一旁尖叫起来。

“嘿，快把我拉上去。”

“出什么事了？”

显然是发生了什么事情。他一脸惊恐。有两个人伸过手去拉他，他跌跌撞撞地爬了上去。

“我说，下面有个人。”

“别傻了，你喝醉了。”

“好吧，要是下面没人，那就是我也得了震颤谵妄症了。但是我告诉你，下面就是有个人，把我吓坏了。”

米勒看了他一会儿。这个小个子男人一脸煞白，他确实吓得在打哆嗦。

“过来，卡斯特，”米勒对那个大个子澳大利亚人说，“我们还是下去看看吧。”

“他站在那里，”纳尔逊说，“穿得整整齐齐的，我看到他了，他还想抓住我。”

“住嘴，”米勒说，“你准备好了吗？”

他们潜入水中。我们默默地在岸上等着。感觉他们在水里的时间好像比任何人屏息的时间都要长。然后卡斯特浮出了水面，很快米勒也红着脸浮出了水面，他好像是非常生气。他们后面好像拖着什么东西。又有一个人跳进水去帮他们，他们三个把重物拖上了岸。我们这才看到是劳森。他的外套上系着一块大石头，双脚绑在一起。

“干这件事他倒是下了决心。”米勒边说边擦去了他有些近视的眼中的水。

火奴鲁鲁

聪明的旅行者只在幻想中旅行。一个老法国人（他是个地道的萨瓦人）曾经写过一本书叫《围绕我房间的旅行》。我没有读过它，也不知道写了什么内容，但书名激发了我的想象。以这样的方式旅行，我可以环游世界。壁炉架旁边的神像可以带我去俄罗斯，那里有大片的桦树林和白色圆顶教堂。伏尔加河烟波浩渺，在河边一个房舍零落的村庄尽头，有一家酒馆，里面留着大胡子的男人们穿着粗羊皮大衣，正坐在那里喝酒。而我就站在拿破仑第一次望向莫斯科的那座小山上，眺望这座城市的辽阔。我要下去看看那些对我来说比亲朋还要熟悉的人，阿廖沙、渥伦斯基，还有很多人。接着，我的目光落在一件瓷器上，我闻到了中国的辛辣气味。我坐在轿子里，穿过稻田中间的狭窄的田埂，或者是绕过一座树木茂密的高山。我的轿夫们在明媚的早晨愉快地闲聊着，耳边不时传来寺院的钟声，遥远而神秘。在北平的大街上，人头攒动，一支骆驼队朝这边走来，人群四散开来，给它们让路。驼队走得很慢，它们从沙石遍布的蒙古国大漠带来了毛皮和各种奇怪的药品。在英国伦敦，冬日的午后，乌云密布，天色昏暗，让人心情低落。但是往窗外望去，椰子树遍布珊瑚岛的沙滩。银色的沙滩在阳光的照射下闪烁着刺眼的白光，让人几乎睁不开眼睛。头顶上有鹩哥飞过，好像忙着什么大事。海浪不停地拍打着礁石。这些幻想中旅行真是奇妙无比，坐在自己家的火炉边就可以实现，而且永远不会令你失望。

有人在咖啡中加盐，他们说这样喝起来会有一种奇特而迷人的味道。同样，有些地方虽然声名在外，但是当你亲身体验之后却有一种幻想破灭的感觉。你期待某样东西十全十美，实际得到时情况却远比你想象的要复杂。这就好像是伟人身上的缺点，虽然让他没那么令人钦佩了，却也让他更加有趣。

我对火奴鲁鲁之行毫无准备。它远离欧洲大陆，从旧金山出发到那儿要走很长时间。火奴鲁鲁这个名字经常和奇怪与迷人这些词联系在一起，刚踏上这片土地时，我简直不相信自己的眼睛。我不知道我所期待的东西是否已经在我的脑海里形成了一幅清晰的画面。但是眼前的景象还是给了我一个惊喜。这是一座典型的西方城市。简陋的棚屋和石砌的豪宅并排而立，破旧的木结构房子和带巨大玻璃橱窗的智能商店比邻而居。各种品牌的汽车，福特、别克还有帕卡德停在人行道上。商店里到处都是美国这样的发达国家生产的生活必需品。每隔两间就有一家银行，每五个办事处就有一个是轮船公司。

街道上挤满了来自各个国家的人。美国人不管天气如何，总是身穿黑色大衣，衣领高高竖起，头戴草帽、软帽或者是圆形礼帽。卡纳卡人有着浅棕色的皮肤，一头卷发，身上只穿着衬衫长裤，再无其余装饰。不过，当地的混血儿则打扮得很漂亮，系着花领带，穿着漆皮靴。日本人脸上带着谦卑的笑容，穿着干净整洁、剪裁得体的白色帆布衣裤，日本妇女则身穿民族服饰，背上背着孩子，落后男人一两步，亦步亦趋地跟在身后，他们的孩子衣着鲜艳，小脑袋剃得亮亮的，看上去像是一个古雅的洋娃娃。然后就是中国人，他们大都肥胖阔绰，身穿美式服装，看上去有些古怪，女人们的满头黑发是最吸引人的地方，梳得整整齐齐，纹丝不乱。她们上身是束腰上衣，下身是长裤，颜色大都是白色或者浅灰蓝色，或者黑色，干净整洁。最后是菲律宾人，男人们戴着宽檐草帽，女人们则穿着袖子宽大的亮黄色细棉布衣服。

这里是东西方汇集之地，新生与古老在这里擦肩而过，如果你没有在这里遇到你期待的浪漫，那你肯定也会遇到特别有趣的事情。所有这些奇怪的人生活在一起，有着不同的语言，不同的思想，信奉不同的神灵，有着不同的价值观。除了两种情感——饥饿和爱情，再无相通之处。他们个个都充满活力，尽管这里空气柔和，天空湛蓝，但不知道为什么，站在这里仿佛能感觉到人群跳动的脉搏，给人一种激情澎湃的感觉。虽然有当地警察站在街上的岗台上，手拿白色指挥棒在指挥交通，给人一种体面的感觉，但总让你感觉后面就是黑暗和神秘，让人忍不住心中一颤，就像是在深夜静寂无声的森林，突然传来一阵低沉、急促的鼓声，你的心禁不住一颤一样。你满怀期待，却不知道期待的是什么。

如果读者认为我对火奴鲁鲁的不协调谈论过多的话，那是因为我要讲的故事就源于此。这是一个原始又充满超现实色彩的故事。它能在文明社会流传下来，很是令人吃惊。尽管火奴鲁鲁的文明程度没有那么高，但也早离蛮荒。我无法理解这样不可思议的事情居然会在这个有电话、有轨电车、报纸的现代文明社会发生，或者大家相信它会发生。就是在火奴鲁鲁给我做向导的那个朋友身上，也有不协调之处。我刚一到岛上就感觉到这是火奴鲁鲁最显著的特点。

他是个美国人，名叫温特。我来的时候带了一封纽约熟人写给他的推荐信。他大约四五十岁，身材瘦高，稀疏的黑发，鬓角已经灰白，消瘦的脸庞轮廓分明，两眼炯炯有神，戴着牛角眼镜，看上去庄重严谨。他出生在火奴鲁鲁。他的父亲经营着一家大商店，出售针织品，也卖网球拍、防水油布等这一类用品，都是时尚人士需要的。他父亲的商店生意兴隆，所以当这位儿子拒绝继承父业，宣布要当一名演员时，我完全能够理解他父亲的愤怒。温特在舞台上度过了二十年的时光，有时在纽约演出，由于他资质有限，更多的时候是在路边表演。但他并不愚笨，这二十年的经历告诉他，宁可在火奴鲁鲁卖吊带袜，也不能去俄亥俄州克利夫兰扮演小角色。

于是，他离开舞台开始做生意。我想在经历过长期的漂泊生活之后，他一定非常享受开豪华汽车、住高尔夫球场附近豪宅的生活。他是一个多才多艺的人，做生意肯定不在话下。虽然他已经不在舞台演戏了，但还是无法割断和艺术的联系，他开始画画。他把我带到他的工作室，给我看他的作品，还不错。他只画静物，尺寸也不大，大概是八乘十英寸。他画风细腻，力求完美，显然对细节的处理情有独钟。他画的水果让我想到了吉兰达约[①]的作品。在惊讶于他耐心的同时，也会被他的灵巧所打动。他之所以没成为一个成功的演员，是因为他虽然刻苦，但却过于拘谨，得不到观众的认可。

我对他带我游览这座城市时表现出来的神态颇感好笑，他以主人自居，但似乎又有些底气不足。在他的心里，没有哪个城市可以和这个城市相比，但是他说完又觉得自己的说法有些可笑。他带我游览了这个城市里各种各样的建筑，看到我表现出恰当的赞赏时，他非常满意。他带我来到了富人区。

“那边是斯塔布斯家，”他说，“建造这所房子花了十万美元。斯塔布斯家族是我们这里最显赫的家族之一。七十多年前，老斯塔布斯作为传教士来到这里。”

① 多米尼克·吉兰达约（Domenico Ghirlandaio，1449 — 1494），意大利画家。

他犹豫了一下，透过他的大圆眼镜望着我。

“我们这边所有显赫的家族都是传教士家族，”他说，“只有你的父亲或祖父改变了这些异教徒的信仰，你在火奴鲁鲁才有机会进入上流社会。”

“是吗？”

“你读过《圣经》吗？”

“当然。”我回答。

“《圣经》里有一段说：父亲吃了酸葡萄，儿子的牙齿被酸倒了。我猜火奴鲁鲁的情况不同。父亲给卡纳卡人带来了基督教，儿子抢走了他们的土地。”

“自助者，天助之；自弃者，天弃之。”我低声说。

“的确如此。岛上的土著人接受基督教时，他们没有什么可以给予上帝的东西。于是国王们给了传教士土地以示尊敬，传教士们以给上帝积累财富的名义购买土地。这无疑是一项成功的投资。一位传教士发觉这门生意不错——我觉得称之为生意并不算冒犯——便做起了地产经纪人，但这是一个例外。主要是他们的下一代从事商业活动。哦，有一位五十年前来到这里传教的父亲真好啊。”

他看了看手表。

“哎呀，表停了。咱们去喝鸡尾酒吧。”

他带我回镇上走的这条公路非常漂亮，两旁种着红色的木槿花。

“你去过联盟酒吧吗？”

“没有。”

“我们去那儿。”

我知道那是火奴鲁鲁最著名的景点，于是怀着强烈的好奇心走进那里。要去联盟酒吧你必须从国王街穿过一条狭窄的小巷，小巷里有很多办事处，所以酒徒们经常以办事为名过来喝酒。酒吧呈方形，有三个入口，吧台很长，贯穿整个房间，两个角落被分隔成了两个单间。传说中，这是专门为卡拉卡瓦国王来这儿喝酒而建的，因为他来时不想被臣民们看到。想象一下，这位皮肤黝黑的统治者坐在其中一个单间里，和罗伯特·路易斯·史蒂文森对饮的情景，心情就很愉快。这里挂着他的一幅油画，还有两幅维多利亚女王的版画。墙上还有几幅 18 世纪风格的铜版画肖像，其中一幅竟然是维尔德[①]的仿作，天知道店主是从哪里弄来的。还有二十年前的《图片报》和《伦敦新闻画报》圣诞增刊中的石印油画。还有威士忌、杜松子酒、香槟和啤酒的广告以及棒球队和本地管弦乐队的照片。

这个地方似乎不属于我在明亮的大街上看到的那个喧嚣的现代化世界，它属于一个即将消亡的世界，它的身上弥漫着过去的味道。昏暗朦胧的灯光营造出一种隐约神秘的气氛，让人感觉

---

① 萨缪尔·德·维尔德（Samuel De Wilde，1751—1832），英国著名肖像、铜版画家。

很适合阴暗的交易。它让人想起那个野蛮凶残的时代，人随时都可能会没命，暴力行径是单调乏味生活的调剂。

我进酒吧的时候里面已经挤满了客人。一群商人站在一起谈论生意，一个角落里两个卡纳卡人在喝酒。两三个店员模样的人在摇骰子。其余的人应该都是海员，是不定期货船的船长、大副和工程师。吧台后面两个混血儿正忙着调火奴鲁鲁鸡尾酒，这是这家店的招牌。他们身材高大，皮肤黝黑，身穿白色衣服，一头浓密的卷发，胡子刮得干干净净的，有着明亮的大眼睛。

温特似乎认识这里面一半以上的客人，当我们走到吧台前时，一个戴眼镜的矮胖男人正独自一人站在那里，看到温特过来，主动要请他喝一杯。

“不用了船长，我来请你吧。”温特说。

他转向我。

“我给你介绍一下，这位是巴特勒船长。”

小个子男人和我握了握手，我们聊了几句。接着我被周围的环境吸引住了，没怎么注意他，每人喝了一杯后就分开了。我再次坐进车里准备离开时，温特对我说：

“很高兴今天我们能遇到巴特勒。我一直想让你见见他。你觉得他怎么样？”

“没什么印象。”我回答。

“你相信超自然现象吗？”

我笑着说：“我不太清楚。”

“一两年前，他遇到了一件非常奇怪的事情。你应该让他给你讲讲。”

“什么奇怪的事？”

温特没有回答我的问题。

“我也说不太清楚，”他说，“但事情绝对是真的。你对这种事情感兴趣吗？”

“什么事？”

“咒语、巫术之类的。”

“大概没有人对这些不感兴趣。”

温特停顿了一下：“我想还是由他亲口来告诉你吧，这样你才能自己做个判断。今天晚上你打算干什么？”

“什么打算也没有。”

“好吧，那我一会儿和他联系一下，看看晚上能不能去他的船上聊一聊。”

温特和我讲了一些巴特勒船长的事情。他大半辈子都在太平洋上谋生，他以前的处境要比现在好很多，在一艘定期往返加利福尼亚海岸的客船上先是当了大副，后来又当了船长。但是出了一次沉船事故，淹死了不少乘客。

“我猜可能因为醉酒。”温特说。

巴特勒为此受到调查，被吊销了执照，只好到更远处去谋生。有几年他去了南太平洋群岛，现在他掌管着一艘小型纵帆船，往返于火奴鲁鲁和附近诸岛之间。这艘船的船主是一个中国人，他之所以雇用巴特勒，一是因为他没有执照，薪水比较低；二是因为巴特勒是白人，船上有一个白人负责，可以省去很多麻烦。

听了温特的介绍，我费了好大力气才回忆起来他的模样。他好像戴着圆圆的眼镜，眼镜后面是一双圆圆的蓝眼睛。渐渐地，他的样子浮现在我的脑海里。身材矮胖，满月一般的圆脸，肉肉的小鼻子。一头金色短发，脸色发红，胡子刮得干干净净。两只手胖乎乎的，指节上还有凹坑，腿也是又短又胖。他是个快活的家伙，过去的悲惨经历似乎并没有给他留下什么伤痛。尽管他可能已经三十四五岁了，但他看起来比实际要年轻许多。不过毕竟我对他的观察只是表面上的，现在知道他经历过几乎毁掉他人生的不幸遭遇，我暗暗发誓下次见到他时，一定更认真地观察他。不同的人遭遇不幸后的反应是不相同的，一些人在经历恐怖的战斗、死亡的威胁以及其他难以想象的恐惧后，依然可以照常无恙。而有的人仅仅因为看到孤独的海平面上月亮倒影的颤动或者听到鸟儿在灌木丛中的鸣叫就会引起足以致命的惊厥。其原因在于性格的坚强或软弱，还是想象力或者是情绪的不稳定？我不知道。当我在想象中回忆起沉船的情景，想象着溺水和恐惧发出的尖叫声，然后又是调查的煎熬，那些失去亲人之人的痛苦，他肯定在报纸上看到过对自己的指责或痛批，想象着他愧疚和耻辱的感觉。突然，我想起了在联盟酒吧，巴特勒船长曾经毫无顾忌地，像个坏孩子一样说起夏威夷女孩和红灯区埃韦莱的黄色笑话和他的风流史，还有他爽朗的笑声，大家曾经以为他再也笑不出来了。

现在我还记得他亮闪闪的洁白的牙齿，这是他身上最吸引人的地方。他引起了我的兴趣，想到他一副漫不经心的快乐的样子，我想再次见到他，不是因为那个特别的故事，而是想弄清楚他到底是什么样的人。

温特做好了安排，晚饭后我们来到海边。有一只小船正在等我们。我们坐船驶往纵帆船停泊的港口，那里离防波堤不远。随着我们的慢慢靠近，我好像听到了尤克里里的声音。我们顺着梯子爬了上去。

“我猜他在船舱里。”温特说。

这间船舱很小，里面又脏又乱，船舱的一头放着一张桌子，旁边有一张宽大的长凳，我猜应该是休息时用的，一盏油灯发出微弱的光。我想，搭这种船出行的人脑子肯定不正常。一个当地女孩正在弹尤克里里。巴特勒船长懒洋洋地半躺半坐在座位上，头靠在女孩的肩上，一只胳膊搂着女孩的腰。

“没打扰到你吧，船长？”温特开玩笑地说。

“快进来。”巴特勒说，站起身来和我们握手。

“喝点什么？”

这是一个温暖的夜晚，透过敞开的舱门，可以看到外面仍然湛蓝的天空中群星闪烁。巴特勒船长穿着一件无袖汗衫，露出他白胖的胳膊，他的裤子已经脏得不成样子了。他光着脚，头上却戴着一顶旧得不成形的毡帽。

“这是我的女人，很漂亮吧？”

我们和这位非常漂亮的女孩握了握手。她比巴特勒船长要高出许多，身上穿着长罩衫，这是上一代传教士出于体面的考虑，强迫当地人必须要穿的。可即便宽大的长罩衫也依然掩盖不住她窈窕的身材。她可能会随着年龄的增长而变胖，但至少现在她体态优雅敏捷。她明眸皓齿，棕色的皮肤细腻透明，头发乌黑浓密，盘在头上，编成辫子，和我们打招呼时，露出迷人的微笑，洁白的牙齿小巧而整齐。真是个迷人的精灵。可以看得出巴特勒船长疯狂地爱着她，他的眼睛一刻也离不开她，想一直抚摸着她。这很容易理解。但让我感到奇怪的是，这个女孩显然也爱上了巴特勒船长。她的眼睛里闪烁着爱的光芒，朱唇微启，好像发出渴望的叹息，让人看着心动不已，我被眼前的景象深深地触动了。我禁不住感觉我们有些碍事，我们两个陌生人来打扰一对恋人做什么？真希望温特没有把我带过来。我觉得这个昏暗的小船舱已经变成了这段火热恋情的最佳场所。我想我以后永远也不会忘记在火奴鲁鲁港口的这艘小纵帆船，虽然它的周围停满了船，但在浩瀚的星空下，它好像远离了全世界。我的脑海里浮现出这样一幅画面，在浩瀚无垠的太平洋上，这对恋人深夜驾船出海，从一个苍翠的丘陵小岛赶往另一个小岛。这时，一阵浪漫的微风轻柔地吹过我的面颊。

然而，巴特勒是这个世界上最不可能与浪漫有关系的人。很难看到他身上有什么东西可以唤起爱情。他现在这身衣服让他看上去更加矮胖。圆圆的眼镜戴在他圆圆的脸上，让他看上去像是一个古板的小天使。他说话时带着古旧的美国方言，让人联想到穷困潦倒的助理牧师，我没有能力再现他说话的生动，而且由于他的每句话都会加上一点咒骂，尽管没有恶意，但考虑到可能会冒犯到听者，写在纸面上也显得低俗。所以只能用自己的语言叙述他讲的故事。他是一个喜欢说笑的人，这或许是他情场得意的一个原因，因为女人们大都愚蠢草率，男人们如果对她们一本正经，只会让她们厌烦，对于能逗她们发笑的小丑却很难抗拒。当然，这种幽默是粗俗的。看到红鼻子小丑一屁股坐在自己的帽子上，连以弗所的狄安娜[①]都放松下来，把谨慎扔到九霄云外。我意识到了巴特勒船长的魅力。如果不知道那场沉船悲剧，我还以为他从来都没有烦恼。

巴特勒船长拉了一下船舱入口处的响铃，一个中国厨师走了进来，手里拿着几个玻璃杯和几瓶苏打水。此时桌子上已经摆好了威士忌和船长的空杯子。

他往杯子里倒上威士忌，又打开了一瓶苏打水。

“约翰，别加太多了。”船长说。

他什么也没说，只是把酒杯递给我们，然后走了出去。

“我看你一直在看那个中国人。”船长油光闪闪的胖脸上露出一丝笑意。

“我可不想在晚上看到他。”我说。

① 希腊神话中宙斯和勒托的女儿，阿波罗的孪生姊姊，狩猎女神。

“他长得是不怎么样，”船长说，不知道为什么，他说这话时似乎带着一种特别的满足感，“但有一件事他很好，我必须得承认：每次看到他就会想喝一杯。”

我没有理会他的话，目光落在了桌子上方墙上挂着的一个葫芦上，我站起来去端详。我一直在找一个旧葫芦，眼前这个比我在外面博物馆看到的都要好。

“这是一个岛上的酋长送给我的，”船长看着我说，“我帮了他一个大忙，作为报答他就把这个送给了我。”

“这个葫芦确实不错。”我说。

我心里想着是否可以让巴特勒船长出个价把葫芦卖给我，因为我无法想象他会看重这种东西。但是，他好像看穿了我的心思。

“给我一万美元我也不会卖的。”

“我想你也不会卖，”温特说，“把它卖了就是犯罪。”

“为什么？”我问。

“它和那个故事有关，”温特说，“对吧，船长？”

“当然。”

“那我们就听听这个故事吧。”

“现在时间还早。”他回答。

我们边喝边聊，终于等到夜色渐沉，巴特勒船长才满足了我的好奇心，讲述了他过去在旧大陆和南太平洋的经历。女孩已经睡着了，她蜷缩着躺在座位上，脸枕着棕色的胳膊，胸部随着呼吸轻轻地起伏着。在睡梦中，她的神情郁郁寡欢，不过却有一种阴郁之美。

他和他的女孩是在南太平洋上的一个小岛相识的，那时不管哪座岛上有货，他都会驾着他的旧纵帆船过去接。卡纳卡人生性懒惰，他们的活儿都被勤劳的中国人和头脑灵活的日本人抢走了。女孩的父亲有一小块土地，种植洋芋头和香蕉。他还有一条船，有时出去捕鱼。他和巴特勒船上的大副是远房亲戚。一天晚上大家都无事可做，他把巴特勒船长带到了他那间破旧的小木屋。巴特勒船长还带着威士忌和一把尤克里里。船长也不是什么腼腆之人，他第一眼看到那个漂亮女孩时就爱上了她。他的本地语说得很是流利，很快女孩就不再那么害羞，晚上和他一起跳舞唱歌。最后他搂着女孩的腰，把她抱在了怀里。碰巧他们的船要在这个岛上整修几天，巴特勒不着急离开，无意缩短停留的时间。他在这个温暖舒适的小港口过得很是惬意享受。早晨他会绕着自己的船游一圈，晚上的时候再游一圈。码头上有家杂货店，店主是个混血儿，水手们经常去那儿喝一杯。巴特勒在那儿玩得特别高兴，他经常和店主一起打桥牌。晚上，他和大副一起去女孩的家里，唱歌讲故事。后来，女孩的父亲说他可以把女孩带走，他们就此事进行了友好的商谈。女孩紧紧地依偎着船长，手上用力，目光温柔地看着他，仿佛是在为他加油。他是一个向往家庭生活的人，而且他也爱上了她。枯燥的海上生活让他觉得在船上有这么一个漂亮的小女孩在身边肯定是一件愉快的事情。他也是一个务实的人，确实需要一个人在身边给他缝缝补补、洗洗刷刷。他不想再把他的衣服交给那个中国厨师去洗了，他只会把衣服洗烂。由当地人去洗会更好一些。偶尔，船长还会从火奴鲁鲁上岸，也希望自己能穿着一身干净整洁的帆布衣服出出风头。剩下的问题就是价钱了。女孩的父亲想要二百五十美元。而船长从来就不是一个节俭的人，他拿不出这么多钱。但是女孩温柔的脸紧紧贴着他的脸，而且他一贯慷慨，所以没打算讨价还价。他提出先付一百五十美元，剩余的一百美元三个月付清。双方为此争论了一晚上也没有达成一致意见。

但是这件事让巴特勒激动不已，一夜没有睡好，有好几次梦到了女孩，每次从梦中醒来，都能感觉到她柔软、性感的嘴唇在亲吻自己。第二天早晨一起床他就把自己痛骂了一顿，上次在火奴鲁鲁玩牌他输掉了很多钱。如果那一天晚上他只是爱上了女孩，那个晚上之后，他已经爱女孩爱得发疯了。

“你听着，巴那纳斯，”他对大副说，“我一定要得到那个女孩。你去告诉他父亲，我今天晚上就会把钱给他，告诉女孩让她准备准备，我想明天拂晓我们就起航。”

我不知道他为什么叫那个大副“巴那纳斯”这个古怪的名字。他叫惠勒，尽管这是个英语姓氏，但他的血管里没有一滴白人的血脉。他身材高大魁梧，肤色比夏威夷人要黑一些。他已经不再年轻了，卷曲浓密的头发已经开始变白。他的上门牙镶着金色的外壳，他常以此为傲。他有明显的斜视，这让他看上去有些阴郁。船长喜欢开玩笑，在大副身上他总能找到话题。他毫不在意地取笑他的缺陷，尽管他意识到大副对这些很敏感。和大多数土著不同，巴那纳斯生性沉默寡言。如果不是巴特勒天性善良，他是不会雇用他的。他爱说爱交际，喜欢找个人聊天。在海上日复一日枯燥地旅行，即便是传教士面对这么一个几乎不开口说话的家伙，也会喝酒度日。

他费尽心思地想让大副活泼一点儿，其实就是毫不留情地戏弄他，但大副还是无动于衷。独自一个人笑是一件很无聊的事。于是他得出结论，不管是喝醉了还是清醒着，巴那纳斯都不适合作为白人的伙伴。但是，他是个好水手。船长非常精明，知道一个值得信赖的大副的价值。在出海期间，上船后他常常一头栽到船舱里，什么事情也不再管了。因为有巴那纳斯在，他什么也不用操心。想到他可以一直待在船舱里，睡到酒醒，那些无聊也就不算什么了。想到巴那纳斯的木讷，有个人能和他聊天真是一种享受。那个女孩就很好，而且，知道上船后有个女孩在等他，他上岸后也就不会再喝醉了。

巴特勒去他的朋友杂货商店店主那里喝了一杯杜松子酒后，和他提起了借钱的事。对于一个船用杂货商来说，船长还是很有结交价值的，因为一名船长总能在一些事情上照顾到他的生意。在一刻钟的低声交谈之后（让所有人知道你的事情是没什么意义的），船长在裤子后袋里塞了一沓钞票。那天晚上，他带着女孩一起回到船上。

巴特勒船长一直在为自己决定要干的这件事情找理由，他当时的愿望现在已经基本上实现了。他没有戒酒，但起码没有再酗酒了。离开城里两三个星期，和朋友们玩上一个通宵固然十分快活，但回到他的女孩身边也很让人愉快。想到她熟睡的样子，当他回到船舱，走近她身旁时，她会睡眼惺忪地朝他伸出双臂，这和打牌时抓到满堂红[①]感觉一样好。他开始攒钱了，但他对女孩还是很慷慨：给她买了一把银柄的梳子，梳理她长长的头发，一条金链子，一个再造红宝石戒指。天啊，活着真好。

一年过去了，整整一年，他对她没有丝毫厌倦，这很令他吃惊。但这个女孩身上一定有什么魔力，他不善于分析自己的感情，但还是发现自己越来越迷恋她。有时候甚至想，和她结婚也不是一件坏事。

后来，有一天大副没来吃午饭，也没来喝茶。第一次缺席时，巴特勒并没有在意。等第二次时，他问中国厨师：

“大副在哪儿？他怎么没来喝茶？”

“他不想喝。”厨师说道。

“他病了吗？”

“不知道。”

第二天，巴那纳斯出现了，但是他明显比以前更沉默了。午餐过后，船长问女孩他怎么了。女孩笑着耸了耸肩，她告诉船

① 意为有三张相同及另两张相同的一手牌。

长，巴那纳斯喜欢上她了，他之所以不高兴是因为她训斥他了。巴特勒船长脾气好，也不是一个嫉妒的人。他只是觉得巴那纳斯也会有喜欢的人这件事很好玩。一个男人眼睛斜视成这样，恐怕很难有机会。下午喝茶的时候，他又高兴地开起了大副的玩笑。他假装不知情，含沙射影地嘲讽了巴那纳斯几句。女孩并不觉得这件事好笑，巴那纳斯走后，她请求船长不要再开他的玩笑了。对于女孩的严肃他感到很惊讶，女孩告诉他，他不了解他们土著。当他们一旦被激怒，他们什么事情都能干得出来，她有点害怕。但这些在船长看来很是荒谬，他大笑起来。

“如果他再来烦你，你就威胁说要告诉我，他就老实了。”

“我觉得最好还是解雇他吧。”

“这肯定不行，他绝对是个好水手。如果他再来烦你，我会让他知道厉害的。”

或许，这是位极为聪明的女孩，她知道当男人下定决心的时候，和他争论是没有用的，这只会让他更固执，所以她保持了沉默。现在，这艘破旧的纵帆船穿过寂静的大海，往返于美丽的诸岛之间，船上却上演了一出出黑暗而紧张的大戏，而我们胖胖的小个子船长对此却一无所知。女孩的反抗彻底惹恼了巴那纳斯，他已经丧失理智，只剩下盲目的欲望。他没有温柔地向她求爱，而是带着野蛮和凶残。现在她的轻蔑变成了仇恨，当他恳求她时，她都报以刻薄、气愤的嘲笑和辱骂。但是这一切斗争都是在默默地进行的。过了一段时间，船长问她巴那纳斯是否还纠缠她时，她撒了谎。

但是有一天晚上，他们在火奴鲁鲁，巴特勒船长回去得要早一些，因为他们打算在黎明时分起航。巴特勒在岸上喝了好多当地的烈酒，已经喝醉了。当他划着小船往纵帆船上靠时，听到了巴那纳斯的怒吼声，他很是吃惊。爬上梯子，他看到巴那纳斯正发了疯似的试图撬开舱门。他对里面的女孩大喊大叫，发誓说如果不让他进来，他会杀了她。

“你他妈到底在干什么？”巴特勒喊道。

大副松开把手，狠狠地瞪了船长一眼，一句话也没说，转身就要走。

“站住，你拉门干什么？”

大副仍然没有回答，只是怒气冲冲地看着他。

“你这个肮脏下流的斗鸡眼黑鬼，看我怎么教你把你的坏脾气收敛收敛。”

他比大副矮了整整一头，论体力他根本不是对手，但他知道怎么对付当地船员。他手上套着指节铜套，也许这并不是绅士们该有的东西，但巴特勒船长本身也不是什么绅士，当然也就不会有绅士的习惯。巴那纳斯还没来得及知道他在干什么，他的右臂猛地一挥，戴指节铜套的拳头就狠狠地打在了巴那纳斯的下巴上。然后，大副就像挨了板斧的公牛一样倒下了。

“让你长点儿记性。”船长说。

巴那纳斯一动不动。女孩打开舱门走了出来。

“他死了吗？”

“没有。”

他叫了几个人过来，让他们把大副抬到他的床铺上。他满意地搓了搓手，那双蓝色的圆眼睛在眼镜后面闪闪发光。但女孩出奇地沉默。她用双臂搂住他，好像是为了保护他不受无形的伤害。

两三天以后，巴那纳斯才爬起来走出了船舱。他的脸上还没有消肿，透过他黝黑的皮肤，可以看到乌青的瘀痕。巴特勒看见他沿着甲板要偷偷溜走，就叫住了他。大副一言不发地走了过来。

“听着，巴那纳斯，”巴特勒对大副说，——因为天气太热，眼镜滑了下来，他用手往上推了推——“我不会因为这件事解雇你，但你要知道，我不出手则已，一出手就是狠手。希望你能长点儿记性，别再找事了。”

然后，他伸出手来，给了大副一个他最迷人的微笑，大副握了握他的手，肿胀的嘴唇动了动，露出一个魔鬼般的笑容。在巴特勒船长看来，这件事情到此为止了。他们三个人坐在一起吃饭时，他又拿巴那纳斯现在的模样开起了玩笑。巴那纳斯费力地吃着饭，肿胀的脸因疼痛而更加扭曲，看上去真是令人厌恶。

晚上，巴特勒正坐在甲板上抽烟时，突然感觉浑身发抖。

“这个季节，我怎么会浑身发抖呢？”他抱怨道，“我一整天都感觉有些不舒服。”

上床睡觉时，他吃了几粒奎宁，第二天早上他感觉好一点儿了，但浑身疲惫不堪，好像放荡过度一样。

“或许是我的肝脏出了问题。”他说，然后又吃了一片药。

那天他没什么胃口，临近晚上感觉更不舒服了。他尝试了他知道的另一个方法，喝了两三杯热威士忌，但这似乎对他也没有多大帮助。第二天早上，他照镜子时发现自己好像不太对劲。

“如果回到火奴鲁鲁时我还没有好转，我就给丹比医生打电话，他一定会把我治好的。”

他根本吃不下东西，感觉四肢无力，虽然睡得很好，但醒来时却感觉精力丝毫没有恢复；相反，感觉更加疲惫。这个曾经充满活力的小个子男人受不了自己一整天躺在床上，强迫自己下床出去走走。几天以后，身体更加倦怠，他根本起不了床了。

“巴那纳斯可以照看这条船，”他说，“以前他也这么干过。”

想到自己从前和那帮狐朋狗友们狂欢一夜后，经常醉得扑到床上，连话都说不出来，他情不自禁笑了起来，那都是在遇到女孩之前的事了。他微笑着看着她，拍了拍她的手。她看上去既困惑又焦虑。看到她很关心他，他努力想让她放心，说他从来没有得过什么大病，最多一个星期，他就会完全康复。

“我还是希望你能把巴那纳斯解雇了，”她说，“我总感觉是他在捣鬼。”

“幸好我没有把他解雇，否则现在就没人驾驶这条船了。我知道他是个好水手。”他的蓝眼睛现在已经黯淡无光了，眼白已经变成了黄色。他眨了眨眼睛说："你不会认为他要毒死我吧，小姑娘？"

她没有回答，但是她和中国厨师谈了一两次话，她非常关注船长的饮食。但是现在船长根本吃不了多少东西，费了好大力气才劝他每天喝两三次汤。很明显，他病得很重，体重正在迅速减轻，胖胖的脸也变得苍白憔悴。他没有感到疼痛，只是一天比一天虚弱，越来越疲倦。他一天天消瘦下去。这次航行大概用了四个星期的时间，当他们回到火奴鲁鲁时，船长自己也担心起来。他已经有两周起不了床了。身体太虚弱根本无法下床去看医生。只能让人去请医生过来看病。医生给他做了检查，但未能发现病因。他的体温也很正常。

"听我说，船长，"他说，"实话告诉你。我不知道你是得了什么病。只是这样看一看是看不出病因的。我建议你去医院，做个检查。我知道你没有先天性疾病，依我看，在医院住上几个星期你就会痊愈的。

"我不会离开我的船。"

他解释说，他的中国船主很古怪，如果他因为生病离开这条船，他的船主可能会解雇他。他不能失去这份工作。只要他待在船上，他就会受到合同的保护，他还有最好的大副。而且，他不能离开他的女孩，她就是最好的护士。如果有人能帮他渡过难关，那肯定是她。每个人都会死，他只想平静地死去。他拒绝听从医生的劝告，最后医生只好让步了。

“我给你开个处方，”他不太确定地说，“看看对你是否有效果。你最好卧床休息一段时间。”

“你不用担心我会起床，医生。”船长回答说，“我现在身体太虚弱了，根本起不了床。”

但是，他和医生本人一样对开出的处方毫无信心。当他独自一人的时候，他就用写处方的纸点燃了一只雪茄，以此自娱自乐。事实上，现在雪茄在他口中已经毫无味道，抽它只是为了说服自己他的病情没有那么严重。

有两个朋友听说他病了，晚上过来看望他，他们都是不定期轮船的船长，他们一边喝着威士忌、吸着菲律宾雪茄，一边谈论他的病情。其中一位朋友说，他的一个大副也得过这种怪病，美国没有一位医生能治好他。后来，他在报纸上看到一则专利药的广告，想着试一试总没坏处，喝了两瓶以后，就彻底痊愈了，身体又恢复了原来的强壮。这场病让巴特勒的头脑变得格外清醒，从他们的谈话中他似乎读懂了他们的言外之意，他们认为他活不长了。当朋友们走后，他感到了恐慌。

女孩一直劝他请当地医生看一看，但都被他毫不犹豫地拒绝了。现在看到他的软弱，她感觉她的机会来了，她恳求他试试看。他疲惫地听着，有些犹豫，美国医生都没有查出病因，本地医生难道就知道吗？他感觉真是好笑。但他不想让她认为自己害怕了。让那个该死的黑人医生过来给他看病，只是为了安抚她。于是告诉女孩，就按她说的办吧。

第二天晚上，当地医生来了。船长独自一个人躺在床上，半睡半醒。船舱里只有一盏油灯发出昏暗的光。门被轻轻地打开，女孩踮着脚尖走了进来。她把门开着，有人悄悄地跟在她身后溜了进来。看着他们两人神神秘秘的样子，船长只想笑。但是他现在太虚弱了，笑容也只不过是在他眼中一闪而逝。当地医生是一个骨瘦如柴的小老头，头发都掉光了，一张脸酷似猴子。他弯腰驼背，像是一棵老树，不像是人类，唯有一双眼睛格外明亮，在半明半暗中发出红色的光。他穿着一条破烂的粗布裤子，上身赤裸。他坐下来，盯着船长看了十分钟。然后摸了摸船长的手掌和脚底。女孩用惊恐的眼神看着他，一句话也没说。接着他要了船长穿过的衣物，女孩把船长经常戴的那顶旧毡帽给了他，接过帽子他又坐在地板上，双手紧紧抓住帽子；慢慢地前后摇晃着，低声不知念叨着什么。

终于，他长叹一声，放下帽子，从裤兜里掏出一只破旧的烟斗点燃了。女孩走到他身边，坐下来。他低声对她说了些什么，女孩大惊失色。两人又低声交谈了几分钟，语速很快。然后他们站了起来。女孩把钱给他，然后把舱门打开。医生和来时一样悄无声息地走了出去。

女孩走到巴特勒船长床前，弯下身子，对着他的耳朵低声说：

“你的敌人在祈祷，他诅咒你去死。”

“别说傻话了，小妞儿。”他有些不耐烦地说。

“这是真的，千真万确。所以那个美国医生查不出病因。我们当地的医生可以。我以前见过。我本来以为你是白人会很安全。”

“我没有敌人。”

“巴那纳斯。”

“他为什么诅咒我死呢？”

“你应该早早解雇他，这样他就没机会了。”

“我想，如果我只是受了巴那纳斯的诅咒，我应该过几天就能坐起来，补充一下营养就好了。”

她沉默了一会儿，聚精会神地看着他。

“你不知道你会死吗？”她终于对他说。

船长的两位朋友应该也是这么想的，只不过没说出来而已。想到这里，船长苍白的脸上不禁一阵战栗。

“医生说了我没什么大事，只要安安静静地休息一阵就好了。”

她把嘴唇贴在他的耳朵上，好像怕被空气偷听到似的：

“你就要死了，要死了，要死了。你将和下弦月一起消逝。”

“这我倒是不知道。”

“除非巴那纳斯在你之前死去，否则你会和下弦月一起消逝。”

他不是一个胆小的人，他已经从她的话带给他的打击中恢复过来，更不会被她激烈而严肃的表情吓倒。他眼里再次闪过一丝微笑。

“我想我会碰碰运气的，姑娘。”

“距离新月还有十二天。”

她的话似乎提醒了他。

“听着，我的姑娘，这些都是胡说。我一个字也不相信。我不想让你戏弄巴那纳斯。他长得不好看，但却是最棒的大副。”

他本来还想再多说几句，但已经精疲力尽了。他突然感到虚弱无力。每天这个时候他都感觉很糟糕。他闭上了眼睛。女孩看了他一会儿，悄悄地走出了小屋。外面天空上的月亮在天空中熠熠生辉，已经接近满月了。天空中没有一丝的云彩，只有皎洁的月光洒在黑暗的海平面上。女孩望着月亮，心中惊恐万分。因为她知道下弦月的消逝也就意味着她爱人的消逝。他的生命掌握在她的手中。她可以救他，她一个人就可以救他，但是敌人很狡猾，她一定得动脑筋仔细想想。

她觉得有人在盯着她，突然感到一阵恐惧，她没有转过身，就知道在阴影里，大副灼热的眼睛正在盯着她。她不知道他要做什么；但是如果他知道她要做什么，那她就没有胜利的希望了。她竭力要理清头绪，只有他的死才能拯救她的爱人，而现在只有她才能让他去死。她必须把他带到一个装水的葫芦那儿，引诱他往葫芦里面去看，看到他在水中的倒影后，把他的倒影用水冲得支离破碎，他就会像遭受雷击一样死去。因为那个倒影就是他的灵魂。但是没有人比她更清楚这种危险，只有消除他的怀疑，才能达到她的目的。绝不能让他知道有个敌人正在密切注视着他，要置他于死地。她知道她必须去做一些事情。留给她的时间太短了，短得可怕。这时她感觉到大副走了，这才松了口气，呼吸也顺畅起来。

两天后，他们又起航了，离新月还有十天。巴特勒船长看上去十分糟糕，他瘦得只剩皮包骨头了，没人帮忙他根本动不了，几乎说不出话来。但是女孩还是不敢轻举妄动。她知道自己必须要耐心地等待机会。大副非常狡猾。一天，他们去一个小岛上卸货，这时只剩下七天了。机会终于来了，她从和船长同住的船舱里把属于自己的东西拿出来，打包放在甲板舱室里，那是她和巴那纳斯吃饭的地方。午饭时间到了，她走进舱室时大副急忙转身过来，但她知道他刚才一直在盯着那些东西看。他们两个谁也没有说话，不过她知道他在猜测什么。她要离开这条船，大副嘲弄地看着她。似乎为了不让船长知道，她一点一点地把属于自己的东西，还有几件船长的衣服都拿了出来，全部打成包裹。终于巴那纳斯忍不住了，他指着一套细帆布外套说："你拿这个干什么？"

她耸耸肩："我要回我的岛上去。"

他大笑起来，那张冷酷的脸更加扭曲了。船长要死了，她就打算带着东西逃跑了。

"如果我说你不能带走这些东西呢？它们是船长的。"

"你又不需要。"她说。

墙上挂着一个葫芦。就是我走进船舱时看到的那只葫芦。她把它取了下来。葫芦上满是灰尘，于是她从水瓶里倒了些水进去，然后用手指清洗着。

“你拿它干什么？”

“可以卖五十美元。”她说。

“如果你想拿，就得付钱给我。”

“你想干什么？”

“你知道我想干什么。”

她唇边的微笑一闪而逝，飞快地看了他一眼，然后转过身去。大副禁不住发出欲望的喘息。她耸了耸肩。他猛地朝她扑过来，一把把她搂在了怀里。她笑了，用她柔软的圆润胳膊搂住了他的脖子，身姿妖娆地向他投降。

第二天早上，她把他从沉睡中唤醒。清晨的阳光照进小屋。他把她紧紧地搂在胸前，告诉她船长只能坚持这一两天了。船主要再找一个白人当船长也没有那么容易，如果他愿意少拿点钱，应该就会得到这份工作，女孩就可以留下来和他一起。他含情脉脉地看着她。女孩紧紧地依偎着他，用外国人的方式去吻他的嘴唇，这是船长教给她的。她答应留下来。巴那纳斯陶醉在幸福之中。

现在就动手，否则就没有机会了。

她站起身来，走到桌边整理头发。这里没有镜子，她就看向葫芦里自己的影子，整理着她美丽的头发。然后她向巴那纳斯招了招手，示意他过来。

她指着葫芦问："你看，底部这是什么？"巴那纳斯本能地探过头来，毫不怀疑地往里面看去。他的整张脸都倒映在水里。女孩猛地双手使劲地击打着葫芦底部，里面的水也跟着溅了出来，巴那纳斯的倒影变得支离破碎。他的身体猛地向后退去，发出一声嘶哑的怒吼，看向女孩。她站在那儿，脸上带着胜利表情，仇恨地看着他。他眼中流露出恐惧，粗笨的面容痛苦地扭曲着，仿佛服下了剧毒一般，砰的一声倒在地上，然后一阵战栗传遍全身，再也不动了。她面无表情地俯下身来，用手摸了摸他的胸口，然后翻了翻他的眼睑。他确实死了。

女孩走进巴特勒船长躺着的船舱。他的脸颊上有了一丝淡淡的血色，他吃惊地看着她。

"发生什么事了？"他低声说。

这是他两天以来说的第一句话。

"什么都没发生。"她说。

"我觉得有些怪怪的。"

然后他闭上眼睛睡着了。他睡了一天一夜，醒来以后就要吃的。两周以后他痊愈了。

当我和温特划船回到岸上时已经是后半夜了，也记不清到底喝了多少威士忌和苏打水。

"你怎么看这件事？"温特问。

"这有什么问题？如果你想让我解释的话，抱歉，我没有。"

"船长言之凿凿。"

“这很明显；不管这件事是真是假，我都不在意，我最感兴趣的不是这些。我感兴趣的是这种事竟然发生在这样的人身上。我一直在想，到底这个平凡普通的小个子男人身上有什么能让这么美丽的姑娘如此痴情。船长讲故事的时候，我一直在观察她。我对爱的力量有了一些奇妙的想法，爱能够创造奇迹。”

“但这并不是那个女孩。”温特说。

“你这是什么意思？”

“你没注意到那个厨师吗？”

“当然注意到了。他是我见过的最丑的人。”

“这就是巴特勒雇用他的原因。那女孩去年和中国厨师私奔了。这个女孩是新来的，刚来两个月。”

“真想不到，居然是这样！”

“他认为这个厨师很安全。但如果我是他，我就不会那么自信。中国人都有点本事，如果他竭尽全力地想要讨好一个女人时，她根本就无法抗拒。”

雨

现在差不多是就寝时间了，等他们第二天早晨醒来时，就能看到陆地了。麦克菲尔医生斜倚在船栏上，点燃了烟斗，在天空中寻找南十字星。在前线待了两年后，再加上上次受伤后伤口比预期恢复得要慢，现在他很高兴能够安静地在阿皮亚待上至少一年。在旅途中他感觉恢复得更好了一些。因为有几个乘客第二天要在帕果帕果下船，所以这天晚上举办了一个小型舞会，以至于现在他的耳朵里感觉还回响着昨天晚上机械钢琴发出的刺耳的敲击声。甲板上终于安静了。看到他的妻子正在不远处和戴维森夫妇聊天，他信步走过去，在灯光下坐定，摘下帽子露出他鲜艳的红发。他有点秃顶，长着几处雀斑的皮肤红红的，和他鲜艳的头发正好相配。他四十来岁，身形瘦削，一张脸皱巴巴的，看上去严谨得近乎迂腐，说话时带着苏格兰腔，声音低沉得安静。

麦克菲尔夫妇和身为传教士的戴维森夫妇产生了一种同船的情谊，这种情谊的产生与其说是由于有共同的爱好，不如说是因为走得近、经常在一起的缘故。让他们经常在一起的原因是他们都不喜欢那些不分昼夜都在吸烟室里打扑克、玩桥牌、喝酒的家伙们。想到她和她丈夫是这个船上戴维森夫妇唯一想交往的人，麦克菲尔太太就倍感荣幸。甚至是医生本人也有意无意地承认了他们的高攀，他虽然性格腼腆却不愚钝。只是由于他免不了天性爱争辩，晚上回到船舱后他就挑剔几句。“戴维森太太说如果没有我们，他们都不知道该怎么挨过这次旅行，”麦克菲尔太太说着，一边灵巧地梳理着她的假发，“她说我们俩是他们在船上唯一想要结识的人。”

“我可不认为传教士是什么大人物，还需要摆架子。”

“不是摆架子，我非常理解她的意思。对于戴维森夫妇来说，和那些粗人一起待在吸烟室里不会是一件美妙的事情。”

“他们宗教的创始人可并不这么排外。”麦克菲尔医生笑出了声。

“我一而再，再而三告诉过你，不要拿宗教开玩笑，”他的妻子说，“我真不喜欢你这样的性格，艾历克，你永远也不会寻找别人身上的闪光点。”麦克菲尔医生用他那淡蓝色的眼睛斜着扫了妻子一眼，没有说话。多年的婚姻生活教给他，让妻子说最后一句话更有利于家庭的和平。他先一步脱掉衣服，爬上上铺，躺下来开始读书直到睡着。

第二天早晨他来到甲板上时，船已经接近陆地了。他贪婪地注视着。那里是一片狭长的银色沙滩，沿着沙滩延伸过去是几座小山，小山上草木繁茂。一直延伸到水边的椰子树茂密翠绿，郁郁葱葱。在椰子林中间可以看到萨摩亚人的草房，其间有白光闪过的是座小教堂。戴维森太太走过来站在他的旁边。她身着一件黑色的衣服，脖子上戴着一条金链，上面的小十字架吊坠晃来晃去。她是一个身材矮小的女人，棕色的头发没有什么光泽，却梳理得一丝不苟。一副隐形夹鼻眼镜后面是一双醒目的蓝眼睛。她长着一张长脸，像羊脸，但却并不给人愚蠢的感觉，相反却显得相当机警。她行动起来像飞跑的兔子那样敏捷。她身上最引人注目的是她高亢的嗓音，有着金属的质感，却没有高低起伏的变化，听在耳朵里就像空气钻发出的无休止的噪声，无情地持续着刺激着你的神经。

“这里肯定和你们那里很像。”麦克菲尔医生说道，脸上的微笑淡淡的，有些疏离。

“我们那里是低岛，和这里不一样，是珊瑚岛，而这里是火山岛。从这儿到那里还有十天的路程。”

“那这里就像是你们的隔壁街道一样。”麦克菲尔医生开玩笑地说。

“嗯，这么说就有点夸张了。不过南太平洋的人看距离的方式和我们不一样，所以您说得也对。”

麦克菲尔医生轻轻地叹了口气。

“我很高兴我们没有被派驻到这里，”她继续说道，“据说在这里的工作极难开展，停靠的轮船扰乱了这里人们的生活，后来海军又驻扎在这里，这对当地人来说很糟糕。在我们的教区里就没有这些麻烦事儿。当然，我们那里也有一两个商人，但是我们很注意规范他们的行为，如果他们不守规矩，就没法待下去。”

她推了一下滑到鼻梁的眼镜，冷冷地注视着前面绿色的小岛：“对于传教士来说，来这里工作毫无希望可言。我由衷地感谢上帝，至少我们不用操心这些。”

戴维森先生的教区在北萨摩亚的几个岛上，那几个岛相隔很远，所以他经常得乘独木舟走上很远的路程。这时他的妻子就会留在总部处理事务。想到那位妻子做起事情效率很高，麦克菲尔医生的心里不禁沉甸甸的。说起当地人如何堕落时，她声音高亢，言辞激烈，声色俱厉的样子让人害怕。她对于分寸的掌握有着自己特别的标准。早在他们初次见面时她就说：“你知道吗，我们刚到岛上定居时他们的婚姻习俗如此令人震惊，我都无法向你描述。不过，我告诉了你太太，她会告诉你的。”

那时他曾经看到他的妻子和戴维森太太热切交谈着，椅子离得很近，她们谈了足有两个小时。为了活动筋骨，他来来回回经过了她们身边好几次，他听到戴维森太太激动地说着，声音像是远处的山洪流过。从他妻子张大的嘴巴和发白的脸色可以看出她很享受这次惊恐的体验。晚上回到船舱时，她屏住气把她从戴维森太太那儿听到的所有的都述说给他听。

“哦，我和你说过了吧，”第二天早上戴维森太太眉飞色舞地大声说道，“你听到过比这更可怕的事吗？现在你不奇怪我为什么没有亲口和你说了吧？即使你是个医生。”

戴维森太太的目光扫过他的脸，急切地想在他的脸上看到自己预期的效果。“你知道吗，当我们第一次去那儿的时候，我们的心都沉了下去。如果我说整个村子里都不可能找到一个好姑娘，你肯定不会相信的。”

她以一种“艺术”的方式使用了这个“好”字。

“戴维森先生和我再三讨论之后决定，首先要做的事情是把舞会禁止了。当地人极其热衷于跳舞。”

“在我年轻的时候，我本人也不讨厌跳舞。”麦克菲尔医生耸了耸肩说。

“昨天晚上我听到您邀请麦克菲尔太太和您跳一圈时我就猜到了。虽然我认为如果一个男人和他的妻子跳舞不会对谁有什么真正的伤害。但是我同时也很欣慰您的妻子没有同意您的邀请。在那种情况下，我认为我们还是独处比较好。”

“在哪种情况下？”

戴维森太太透过夹鼻眼镜看了他一眼，不过却没有回答。

“不过在白人中间情况却不太相同，”她继续说道，“尽管戴维森先生说，他无法理解一个男人能够忍受他的妻子在别的男人的怀里，在这点上我不得不说我和戴维森先生的看法是一致的。就拿我来说，自从结婚以后我从来没有跳过一次舞。但是当地人完全是另外一回事。跳舞不仅伤风败俗，而且还是不道德行为的起源。感谢上帝，这八年来我们教区再也没有一个人跳舞，我不认为我错了。”

这时轮船驶入海港入口处，麦克菲尔太太也走了过来。船身一个急转弯后慢慢地驶入港口。这是一个内陆港，宽阔得足可以容纳一支舰队。环绕海港的山丘既高且陡，山丘上郁郁葱葱。海港入口处微风拂面，总督府就在入口不远处。它建在一座花园里面。星条旗懒洋洋地从旗杆上垂下。轮船经过两三座平房和一个网球场，来到一个带仓库的码头。离他们两三百码的距离处停着一艘纵帆船，戴维森太太指着它说，他们将乘这艘纵帆船去阿皮亚。码头上可以看到有一群热切、喧闹却又和气的人。他们是从岛上各个地方赶过来的当地人。他们中有一些来这儿是纯属好奇，还有一些则是来和要去悉尼的游客做货物交易的。他们带来了菠萝和大串大串的香蕉、塔帕[①]、贝壳或者鲨鱼牙齿做的项链、卡瓦酒钵，还有作战时用的独木舟模型。美国水手在人群中闲逛，他们衣着整洁，面貌坦诚，胡子也修剪得整整齐齐。还可以看到一小队官员。当他们的行李卸到岸上的时候，麦克菲尔太太和戴维森太太趁机打量着人群。麦克菲尔医生则看着似乎身患雅司病的孩童和男孩子，他们身上这些足以毁容的脓疮就像是慢性溃疡。他那双职业的眼睛不禁一亮，他看到了象皮病的实例，这还是他

① 太平洋某些岛上居民用来做衣服的构树皮。

行医以来第一次看到实例。那些患者有些是胳膊变得又粗又重，还有些则拖着严重变形的腿。这些人，无论男女都系着印花缠腰布。

“这种穿着真是有伤风化，”戴维森太太说，“戴维森先生认为应该立法禁止这样穿。当人们身上除了腰上围着一块红棉布以外，什么也不穿，你还能指望着他们讲道德？”

“倒是很适合这里的气候。”医生一边说着，一边擦着他额头上的汗水。

他们上了岸。现在还是早上，天气却已经闷热难耐，帕果帕果被群山包围，一丝风也透不进来。

“在我们岛上，”戴维森夫人高亢的声音继续着，“缠腰布实际上已经被根除了，也就是几个上年纪的老人还在穿，但也仅此而已。妇女们全都改穿长罩衫，男人们穿长裤和汗衫。在我们刚到那儿的时候，戴维森先生在他的一份报告中说，如果不强迫十岁以上的男孩穿上裤子，这些岛上的居民永远也不会成为彻底的基督教徒。”

戴维森太太用她那如鹰般锐利般的眼神瞥过从港口方向飘过来的厚重的灰色云层时，天空中有几滴雨滴开始飘落。

“我们最好找个地方避雨。”她说。

他们随着人群来到瓦楞铁皮搭成的大棚下面，大雨倾盆而至。他们在这儿站了一会儿后，戴维森先生也进来了。在旅途中他对麦克菲尔夫妇也是彬彬有礼，但是他不像妻子那样擅长交际，相反他是一个安静甚至有点郁郁寡欢的人，大部分时间都在读书。你会感觉他的和蔼友善只是他在履行一个基督教徒的职责。他天性矜持寡言，甚至有些阴郁孤僻。他的外貌也很特殊，又高又瘦，长长的四肢显得松松垮垮。他双颊凹陷，颧骨出奇地高。他形容枯槁，以至于你看到他的丰满性感的嘴唇时会大吃一惊；头发很长，深陷在眼窝里的黑眼珠大而悲戚；手指又粗又长，手型很好，给人一种充满力量的感觉。但是他身上最引人注目的是，他给人的感觉就像是被压抑的烈火。这种感觉令人印象深刻，却又让人隐约感到不安。他不是一个容易让人亲近的人。

他带来了一个不太好的消息：现在岛上麻疹频发。这是在卡纳卡人中流行的一种疾病。他们将要乘坐的那艘纵帆船出现了一个感染病例。虽然病人已经被抬到岸上，住进了隔离站的医院，但是阿皮亚那边发来电报指示，在确认没有其他船员感染之前，禁止这条船入港。

“这意味着我们可能至少要在这儿待上十天。”

“但是阿皮亚那边急需我过去。”麦克菲尔医生说。

“这也没有办法。如果纵帆船上没有新的病例出现，那白人旅客就可以搭载它出航了。不过本地交通将被禁止三个月。”

“这儿有旅馆吗？”麦克菲尔太太问。

戴文森轻笑了一声。

“没有。”

“那我们该怎么办？”

“我已经和总督谈过了，海岸那边的一个商人有几间房屋出租。我建议等雨停了咱们就过去看看情况。不要指望有多舒服，只要不露宿街头、有张床睡就要感谢上帝了。”

大雨却丝毫没有要停的迹象。最终他们只能撑起雨伞，穿上雨衣出发了。这里没有城镇，只有几幢办公用的建筑、一两个商店，还有掩映在椰树和大芭蕉林之间的几幢当地人的屋舍。他们要找到的房屋离码头大约有五分钟的路程。这是一幢二层的木屋，有宽阔的走廊、波纹铁皮做的屋顶。房主是个混血儿，名叫霍恩。他的妻子是个当地人，孩子的皮肤是浅棕色的。一层是个小商店，里面出售一些罐头食品和棉布。他出租的这几个房间几乎没有家具。麦克菲尔夫妇的房间里只有一张简陋的旧床、一顶破烂不堪的蚊帐、一把摇摇晃晃的椅子和一个洗脸架。他们灰心丧气地打量着四周。外面的瓢泼大雨依旧下个不停。

“我不打算拆行李了，把必需品拿出来就行了。”麦克菲尔太太说。

当她正要打开旅行皮箱的时候，戴维森太太走进来了。她看起来活泼敏捷，看来这阴郁的环境对她没有丝毫影响。

“听我的，你现在就找到针和棉布把蚊帐补一补，否则今天晚上你就别想睡觉了。”

“有这么严重吗？”麦克菲尔太太问道。

“现在正是蚊子最凶的季节。如果你们受邀去参加阿皮亚总督府的舞会时，所有的女士都会收到一个枕套来套住她们的——

她们的下肢。”

“真希望这雨能停一会儿，”麦克菲尔太太说，“如果有阳光的话，我就更有心情能把这地方收拾得舒适一些。”

“哦，如果等天晴，那你会等上好长时间的。帕果帕果是太平洋下雨最多的地区。你看，那些山，还有海湾，都能招来雨水，反正这个季节是雨季，每年的这个时候总是在下雨。”

她看着麦克菲尔先生，接着又把目光转向麦克菲尔太太，见他们两个人站在房间的两个地方，像丢了魂似的，她噘起了嘴唇。看来她得给他们拿主意了。她最不耐烦像这样无能的人了，但她的手开始发痒，自然就想把一切都安排得井井有条。

“这样，你把针和棉布给我，我给你修补蚊帐。你继续去收拾行李。晚餐定在一点钟。麦克菲尔医生，您最好去码头看看您的大件行李是否放在了干燥的地方。您知道这些当地人，他们完全有可能让行李一直被雨淋着。”

医生再次穿上雨衣下楼去了。霍恩先生正在门口和船上的水手长谈话，旁边还有一位二等舱的乘客。这位乘客他在船上见过几次。水手长身材瘦小干枯，穿着邋遢，在他经过的时候朝他点头示意。

“赶上麻疹真是糟糕，医生，”他说，“我看您已经收拾好了。”

麦克菲尔医生觉得他过于冒昧，但他生性胆小羞怯，不会动不动就生气。

"是的，我们已经在楼上订下了一个房间。"

"汤普森小姐要和你们一起去阿皮亚，所以我把她带到了这儿。"水手长用拇指指向他身边的那个女人。她大概二十七岁，身材丰满，虽然俗气却也漂亮。她穿着白色连衣裙，戴着同样颜色的帽子，穿着白色棉袜的粗腿在同样颜色的小羊皮长筒靴上端鼓了出来。她冲着麦克菲尔讨好地笑了笑。

"这个家伙想敲我的竹杠，这么小的房间一天就要收我一块五。"她的声音有些沙哑。

"我和你说，乔，她是我的一个朋友，"水手长说，"她一天最多只能付得起一美元，你就让她住下吧。"

老板肥胖圆滑，无声地笑了。

"好吧，如果你要这样说的话，斯旺先生，那我就和霍恩太太商量商量，看看是否可以便宜一些。"

"别和我扯这些，"汤普森小姐说，"咱们现在就定，一个房间我付给你一美元，多一个子儿也没有。"

麦克菲尔医生笑了。他很是钦佩她这种厚着脸皮讨价还价的本领。他是那种别人要多少钱就给多少钱的人。他宁愿多付也不愿意讲价。商人叹了口气。

"好吧，看在斯旺先生的份上，就这样吧。"

"这才像回事。"汤普森小姐说，"进来喝杯带劲儿的吧。我这儿有上好的黑麦威士忌，斯旺先生麻烦把手提箱拎进来。医生，您也进来喝一杯吧。"

"哦，我可能没有时间，谢谢你，"他回答，"我得去看看我们的行李是不是放好了。"

他走进雨中。大雨从港口处倾泻而下，对岸一片模糊。他从两三个当地人身旁走过。他们举着巨大的雨伞，身上的衣物除了腰上裹着的一块布以外再无其他了。他们腰背挺得直直的，以一种悠闲的步伐不紧不慢地走着。在经过时，他们微笑着以一种奇怪的语言向他问好。

麦克菲尔医生回来的时候已经快到午饭时间了，午饭安置在了商人的客厅里。商人的这间客厅不是用来居住的，只是用来装点门面的，里面充斥着发霉、阴郁的气息。墙壁的四周整齐地摆放着一套压花长毛绒沙发。天花板的正中间悬挂着一盏镀金枝形吊灯，上面罩着防苍蝇用的黄色薄页纸。戴维森还没有来。

"我知道他去拜访总督了，"戴维森太太说，"我猜他肯定是被留下来吃晚饭了。"

一个当地小女孩给他们端来一盘汉堡牛排，过了一会儿商人过来问，他们吃得是否满意。

"我刚才看到还有一位房客，霍恩先生。"麦克菲尔医生说。

"她只租了一个房间，"商人回答，"她的膳食自理。"

他谄媚地望向两位女士："我把她安排在了楼下，不会打扰到你们。"

"是和我们同一艘船上的吗？"

"是的，夫人，她在二等舱。她要去阿皮亚，打算去那儿当一名出纳员。”

“哦。”

商人走后麦克菲尔说：“我不认为她在自己房间里用餐会有多开心。”

“如果她是二等舱的话，我猜她宁愿这样，”戴维森太太回答，“谁知道她是什么人。”

“水手长带她过来的时候我正好在那儿，她叫汤普森。”

“是昨天晚上和水手长跳舞的那个女人吗？”戴维森太太问。

“那肯定就是她了，”麦克菲尔太太说，“那时我还奇怪那人是谁呢，她看上去过于轻浮。”

“不是什么正经人。”戴维森太太说道。

他们转而谈论别的事情。由于早晨起得早，饭后他们就分开各自休息了。醒来时，尽管天空乌云密布，还是阴沉的，雨却已经停了。他们沿着公路散步，这条公路是美国人沿着海湾修建的。回来的时候他们刚好看到戴维森回来。

“我们可能得在这儿待上两周，”他有些恼火，“我和总督争辩了半天，但他说他也无能为力。”

“戴维森先生还期待着回去工作呢。”他的妻子焦虑地看了他一眼说道。

“我们离开已经一年了，”他说，在走廊里不停地踱来踱去，“教会的事情交给了当地的传教士负责，我特别担心他们凡事得过且过。他们是好人，我不是在背后说他们的坏话，他们敬畏上帝，勇于奉献，是真正的基督教徒——他们的基督信仰会让国内许多所谓的基督教徒感到羞愧——但是，让人遗憾的是他们缺少激情。他们可以经得起一次考验，也可以经得起两次考验，但是不可能每次都抵得住。如果你把工作交给一个当地传教士去做，不管他看上去多么值得信任，你都会发现不知不觉中恶习已经悄然出现。”

戴维森先生一动不动地站在那儿。他身材高瘦，苍白的脸上闪烁着一双大眼睛，是个让人见过就印象深刻的人。从他充满激情的手势和低沉却有力的嗓音中不难看出他的真诚。“恐怕我有许多工作要做，我应该立刻行动起来。如果一棵树已经腐烂了，我们应该把它砍掉，扔进火里。”

晚上，他们今天最后一餐是傍晚茶（傍晚前后吃的膳食，通常有茶，代替晚上正餐）。然后，当他们坐在刻板的客厅里。女士们做着手里的活计，麦克菲尔医生抽着烟斗，听传教士讲他在岛上的工作。

“我们刚到那儿的时候，他们根本没有罪恶的意识，”他说，“他们一再地打破戒律却毫无所知。我认为我工作最难的部分是给当地人逐步灌输什么是罪恶的意识。”

麦克菲尔夫妇知道戴维森在遇到他妻子之前曾在所罗门群岛工作过五年。他的妻子曾在中国传教，后来两人在休假期间去波士顿参加一个传教士会议时相识。结婚以后，他们被派往这片岛屿上工作直到现在。

在他们与戴维森的谈话过程中，有一点让人难以忽视，那就是他不屈不挠的勇气。

他是一位行医传教士，各个岛有需要时他都随叫随到。雨季的太平洋上，狂风肆虐，在风暴中哪怕是捕鲸船也不是很安全的运输工具，但他常常被人用独木舟带去出海，危险可想而知。遇到疾病和意外事故他从不犹豫。有十几次他靠一整夜都从船里往外舀水才活了下来。不止一次戴维森太太都以为他必死无疑。

“有时候我请求他不要去，”她说，“或者至少等到风暴平息一些再去，他从来不听。他非常固执，一旦下了决心，没有什么能动摇他。”

“如果我自己都不敢去做，怎么让当地人相信主？”戴维森大声说道，“我不害怕，真的不害怕。他们有了困难来找我时，只要我力所能及从不推辞。你认为在我行使主的旨意时，主会弃我于不顾？风是按照他的旨意刮的，海浪是按照他的旨意汹涌澎湃的。”

麦克菲尔医生是个胆小的人。他始终无法习惯战壕上空呼啸而过的炮弹。当他在前线救护站做手术时，为了控制自己的双手不再颤抖，汗水不断从额头流淌下来模糊了他的眼镜。望着传教士，他不禁打了个寒战。

“我真希望能说自己从来没有害怕过。”他说。

“我希望你能说你相信主。”他反驳道。

不知为何，这天晚上传教士的思绪回到了他和他的妻子刚到岛上的那些日子。

“有时，我和妻子相对而视，眼泪就禁不住落下来。我们不停地工作，没日没夜，不敢懈怠，但却看上去毫无进展，如果没有她，我真不知道自己会做什么。当我感觉心情低落，当我濒临绝望时，是她给了我勇气和希望。”

戴维森太太低头看着她手里的活计，一抹绯红浮上了她消瘦的脸庞。她的手有些颤抖，不知道该说什么。

“没有人能帮助我们。我们孤立无援，被黑暗包围。我们的人民远在千里之外，当我伤心绝望、疲惫不堪时，她会放下手边的工作，拿起《圣经》读给我听。直到平静降临我心，正如睡梦降临在孩子眼皮上一样。最后她合上书说：‘我们一定要拯救他们，不管他们接不接受。’于是我又坚定了对主的信念，我回答道：‘是的，有主的帮助我们一定能拯救他们。’”

他走到桌前站在那里，就像站在教堂中的诵经台前。

“你知道，他们天生堕落蒙昧，看不清自己身上的罪恶。我们不得不把罪恶从他们认为是理所当然的行为中划定出来。罪恶不仅仅包括通奸、撒谎、偷窃，还包括暴露身体、跳舞和不去教堂。一个女孩露出胸部以及一个男人不穿裤子都应该算作罪恶。”

“你是怎么做到的？”麦克菲尔医生不无惊讶地问道。

“我制定了罚款。让人们意识到一种行为有罪，唯一的途径就是罚款。如果他们不来教堂，我会罚款。如果跳舞，我也会罚款。如果穿着不得体，我也会罚款。我有一份详细的罚款价目表，每项罪过的罚款要么用钱，要么用劳动来支付。最后，我终于让他们明白了。”

“但是他们会不会拒绝支付？”

“他们怎么可能？”传教士问道。

“要是有谁敢于站出来反对戴维森先生的话，那他真是太勇敢了。”传教士的妻子说道，双唇绷得紧紧的。

麦克菲尔医生不安地看了戴维森先生一眼。他的话让他感到震惊，但是他犹豫着是否要表达自己的不赞成。

“你一定记得，我有权利把他们从教会中驱逐出去，这是我的保留权利。”

“他们在意这些吗？”

戴维森先生微笑着轻轻地搓着双手。

“如果被驱逐出了教会，他们就卖不掉自己的椰子干，捕到的鱼也没有他们的份儿了。这几乎就意味着挨饿。是的，他们非常在意这些。”

“和他说说弗雷德·奥尔森的事儿。”戴维森太太说。

传教士目光炯炯地望着麦克菲尔医生。

“弗雷德·奥尔森是一个丹麦商人，他在岛上待了好多年了。作为一个商人，他十分富有。对于我们的到来他并不怎么高兴。你知道，在我们来之前，他想怎么干就怎么干，随心所欲。当地人的椰子干，他想付多少钱就付多少钱。有时是用别的物品交换，有时使用威士忌支付。他娶了一位当地人做妻子，但却对她不忠，毫无顾忌。他还是个酒鬼。我给过他改过自新的机会，但他不肯接受。还嘲笑我。”

戴维森先生说到最后的时候声音低沉了下来。他沉默了一会儿。他的沉默中饱含着危险的气氛。

“两年以后他就倾家荡产了。他失去了他积攒了四分之一个世纪的财富。我打败了他。最后，他不得不来找我，像乞丐一样恳求我给他一张回悉尼的船票。”

“真希望您能看到他来找戴维森先生时的样子，”传教士的妻子说，“他原来身体健壮有力，声音洪亮，一身的肥肉。现在瘦到了只有原来的一半，浑身颤抖，仿佛突然之间变成了老人。”

戴维森出神地望着窗外的夜色。雨又开始下了。

突然楼下有个声音响了起来。戴维森转过头来，不解地望着他的妻子。是留声机发出的声音，嘈杂刺耳，呼哧呼哧地奏出切分音的曲调。

“那是什么声音？”他问。

戴维森太太推了推鼻梁上的夹鼻眼镜。

“是楼下的另一个房客，她原来在船上的二等舱。我猜是从她那儿传上来的。”

他们静静地听着，不一会儿听到了跳舞的声音。过了一会儿音乐停了，传来开瓶塞的砰砰声和兴致勃勃地大声谈话的声音。

“我想她是在开欢送会，和她在船上的朋友们告别。”麦克菲尔医生说。

“船是十二点开，对吧？”

戴维森没有说话，低头看了看表。

“你做好了吗？”他问他的妻子。

她站起身来，把活计收起来。

“是的，做好了。”

“现在上床去休息有点早吧？”医生说道。

“我们有很多东西要读，”戴维森太太解释道，“不管我们在哪儿，晚上睡觉前我们都会读一章《圣经》，看着注解研究《圣经》，你知道，深入的讨论对心灵来说是绝佳的锻炼。”

两对夫妇互道晚安。屋里只剩下麦克菲尔医生和麦克菲尔太太。有两三分钟他们没有说话。

“我去取扑克牌吧。”最后医生说。

麦克菲尔太太疑惑地看着他。刚才和戴维森夫妇的一番谈话让她感觉有些不安，但是她现在不想说，他们现在最好不要打牌，因为戴维森夫妇随时都有可能过来。麦克菲尔医生拿了扑克牌过来，她带着隐隐的罪恶感看着他摆扑克牌。楼下不断传来狂欢纵饮的声音。

第二天是个好天气。既然注定要在帕果帕果无所事事地待上两个星期，麦克菲尔夫妇也只能随遇而安了。他们先去了码头找行李，从箱子里取出一些书来。随后医生去拜访了海军医院的主治医生，和他一起巡视了病床。最后他去总督府留了一张名片。在路上他们遇到了汤普森小姐。医生向她脱帽致意，汤普森小姐用响亮欢快的声音说：“早上好，医生。”她穿着打扮和那天一样，白色的连衣裙，亮闪闪的白色高跟靴子，粗壮的腿在靴子上端鼓了出来。所有这一切在异国的大街上显得尤为怪异。

“我得说，她这样穿不太得体，”麦克菲尔太太说，“让我觉得特别俗气。”

当他们回到房子的时候，她正在走廊上和商人的一个黑皮肤的孩子玩。

“和她打个招呼，”麦克菲尔医生对他的妻子耳语道，“她一个人住在这里，这样忽视她不太合适。”

麦克菲尔太太生性腼腆，但她习惯于按照丈夫的吩咐去做。

“我想您也是住在这儿吧？”麦克菲尔太太略显笨拙地打着招呼。

“这太糟糕了，对吧？被困在这么小的一块地儿。”汤普森小姐回答说，“他们告诉我，我能在这儿找到一个房间真是太幸运了。我可不想住在土著人的房子里，这只是没有办法而已。我真不明白为什么这儿连个旅馆都没有。”

他们又说了几句话。汤普森小姐高声地喋喋不休起来，她似乎非常喜欢说长道短。不过，麦克菲尔太太对闲聊实在不感兴趣，她很快说：“哦，我想我们得上楼了。”

晚上，他们坐下来刚开始吃傍晚茶的时候，戴维森进来了，他说："我看到楼下那个女人那儿坐着几个水手。真不知道他们是怎么认识的？"

"她不会太挑剔的。"戴文森太太说。

过了懒散而漫无目的的一天以后，他们都很累。

"如果接过来的两周都是今天这样，都不知道最后我们是什么感觉。"麦克菲尔医生说。

"我们只能给一天中的不同时间段安排不同的事情做。传教士说道，"我拿出几个小时来读书，几个小时来锻炼，不管是晴天还是下雨——在雨季时不能老把注意力放在雨的身上——还有几个小时用来娱乐。"

麦克菲尔医生不安地望着他的同伴。戴维森的安排让他感到压抑。他们今天的晚餐还是汉堡牛排。似乎厨师只会做这一道菜。这时楼下的留声机又响了起来。一听到留声机的声音戴维森就开始不安，但他什么也没有说。男人们的声音飘了上来。汤普森小姐的客人们正在一起唱一首有名的歌曲，现在可以听到她的声音了，沙哑而响亮。楼下又喊又笑的声音连成一片。楼上的四个人勉强地交谈着，总是不由自主地去听楼下的碰杯声和椅子发出的刮擦声。很显然又有人加入了。汤普森小姐在举行派对。

"真不知道她的房间是怎么容下那么多人的。"麦克菲尔太太突然打断了传教士和她丈夫的谈话。此时他们正在谈论医学。可以看出她的注意力一直在楼下。戴维森的脸不由自主地抽动了一下，看得出尽管他嘴里正说着医学的话题，注意力却放在了和麦克菲尔太太一样的方向。当医生正在枯燥乏味地讲他在佛兰德斯前线的一些经历时，戴维森突然跳起来喊了一声。

“出什么事了，阿尔弗雷德？”戴维森太太问。

“肯定是的，我怎么一直没有想到，她是从埃维雷过来的。”

“这不可能。”

“她是乘火奴鲁鲁的船过来的，这就很明显了。她把她的生意也带到这儿了，带到了这儿。”

说到最后一个词时他充满了愤怒。

“埃维雷是哪儿？”麦克菲尔太太问道。

他幽幽地看向她，声音因恐惧而颤抖着。

“火奴鲁鲁的罪恶之源，红灯区。我们文明的污点。”

埃维雷位于城市的边缘。沿着港口的小巷，在黑暗中穿过一座摇摇欲坠的桥，然后来到一条路上，这条路坑坑洼洼，空寂无人。沿着这条路走下去，你突然就会看到一片灯火。路的两边停着汽车，一家家低俗的酒馆里灯火通明。每一家酒馆里都传来机械钢琴发出的嘈杂声。还有理发店和烟草店。这里的空气中弥漫着躁动和及时行乐的气氛。走进一个狭窄的巷子里，然后向左转或者向右转，因为这条路把埃维雷一分为二，你就来到了红灯区。这是一排排的排列整齐的小平房，全部漆成了绿色。房子中间的通道宽阔笔直。布置得犹如花园之城。一种尊敬的端正、有序、漂亮的感觉，给人一种既讽刺又恐怖的感觉。因为寻欢作乐从来没有这么系统化和秩序化。

小路上稀稀落落地有几盏路灯。但是没有小平房窗户里头透出来的灯光的话还是一片黑暗。男人们四处转悠，看着窗边的女人。这些女人或者在读书，或者在做针线活儿，绝大部分都不会留意路上的行人。男人们和女人们一样，哪个国家的都有。有美国人，他们中有停靠海港的船上的水手，有炮艇上下来的士兵，一个个喝得醉醺醺的。还有驻守在岛上的士兵，有黑人也有白人。还有日本人，他们三个一群两个一伙地走在大街上。有夏威夷人，还有穿着长袍子的中国人，以及戴着稀奇古怪帽子的菲律宾人。他们全都压抑而沉默。欲望是悲哀的。

“这是太平洋地区最臭名昭著的丑闻。”戴维森激动地喊道，“传教士们多年来一直激烈反对，最终当地媒体对此进行了报道。警方却拒绝出动。你知道他们的理由。他们说这种堕落行为不可避免，因此最好的办法就是把它限定在一定的区域加以控制。事实是他们收受了贿赂。酒馆老板贿赂了他们，恶霸们贿赂了他们，妓女们也贿赂了他们。最终她们被强制搬到了那儿。”

“我在火奴鲁鲁的船上读报纸的时候，看到过这些报道。”麦克菲尔医生说。

“埃维雷，连同它的罪恶和耻辱，在我们到达的那一天就不复存在了。所有的人都被带到了法官面前。不知道为什么我没有一下子认出那个女人的来历。”

“听你说到这儿，”麦克菲尔太太说，“我想起来她是在开船前几分钟才上船的。记得当时我还想她可真会掐时间。”

“她竟然敢到这儿来！”戴维森愤怒地喊着，“我是绝对不会允许的。”

他大步向门口走去。

“你要做什么？”麦克菲尔问。

“你希望我做什么？我要去制止她。我绝不允许这幢房子变成、变成……”

他费力地搜寻一个不会冒犯在座女士们的词语。他的两眼发着光，情绪激动之下，他的脸色却更加苍白了。

“听起来楼下屋里面好像有三四个男人，”医生说，“您不觉得，您现在冲进去太鲁莽了吗？”

传教士蔑视地看了他一眼，一言不发地走出了房间。

“如果你们认为个人的危险能够阻止戴维森先生履行他的职责，那你们就太不了解他了。”他的妻子说道。

她坐在那儿，两只手紧张地握在一起。高高的颧骨上泛出一片红晕。她仔细地听着楼下的动静。他们都在听着。他们听到戴维森下楼的声音，开门的声音。歌唱声戛然而止，只有留声机还继续演奏着庸俗的歌曲。他们听到戴文森说话的声音，然后是重物落地的声音。音乐声也停了。他把留声机摔在了地上。然后又是戴维森说话的声音。他们听不清说话的内容，接着响起了汤普森小姐高亢的尖叫声。然后是一片混乱，好像是几个人一起声嘶力竭地在大喊。戴维森太太喘了口气，两只手握得更紧了。麦克菲尔医生犹豫不决地看着她，接着又看向他的妻子。他不想下楼去，但是他不确定她们是不是希望他下去看看。接下来好像是互相扭打起来了。声音更清晰了，好像是戴维森被扔出了房间。门砰的一声关上了。一阵静寂之后他们听到了戴维森上楼的声音。他进了自己的房间。

“我去看看他。”戴维森太太说。她站起身来走了出去。

“如果需要帮忙，喊我就行。”麦克菲尔太太说。等她走后，麦克菲尔太太说：“希望他没有受伤。”

“他为什么要管别人的事？”麦克菲尔医生说。

他们默默地坐了一两分钟，然后两个人都站了起来，因为楼下的留声机又响了起来，那几个人挑衅地用嘲讽的声音嘶吼着唱出淫秽的歌词。

第二天，戴维森太太脸色苍白，看上去十分疲惫。她抱怨说自己头疼。她仿佛一夜之间老了许多，整个人也枯萎干瘪了。她告诉麦克菲尔医生，传教士一晚上都没睡，整个晚上都焦虑不安，看着让人害怕。早上五点钟他就起床出去了。他的身上被淋了啤酒，衣服上污渍斑斑，发出阵阵恶臭。不过当谈到汤普森小姐时，她的眼中升起阴郁的怒火。

“公然藐视戴维森先生，她会为这一天后悔的，”她说，“戴维森先生心地善良，任何人遇到了麻烦来找他，他都不会让他们失望而归的。但是他对罪恶没有丝毫怜悯之心，当他正义的怒火被激起来时，后果非常可怕。”

“为什么，他要做什么？”麦克菲尔太太问。

“我不清楚，但是要是我，我绝对不愿意处于现在那个可怜的女人的境地。”

麦克菲尔太太不禁害怕地打了寒战。这个瘦小妇人态度中流露着稳操胜券让她感到害怕。早上她们一起出门，肩并肩下了楼。汤普森小姐的房门开着，能看到她穿着一件邋遢的晨衣，正在用火锅煮东西。

“早上好，”她喊道，“戴维森先生今天早上好些了吗？”

她们没理她，视若无睹地从她旁边走了过去，仿佛她根本不存在。但是汤普森小姐突然发出一阵嘲弄的笑声时，她们脸红了。戴维森太太突然转向她。

“你竟然敢这么对我说话，”她高声喊道，“如果你敢侮辱我，我就把你从这里赶走。”

“嘿，是我让戴维森先生去找的我吗？”

“别搭理她。”麦克菲尔太太连忙小声地提醒她。

她们一直往前走，直到听不到她说话为止。

“她真是恬不知耻，恬不知耻！”戴维森太太突然爆出一句，她被气得快窒息了。

当她们返回的时候，又遇到了汤普森小姐。她正朝着码头方向散步。她把她所有的漂亮的衣服和饰物都穿戴上了。白色的宽檐帽子上别着庸俗花哨的装饰花，简直就是公然挑衅。经过她们身边的时候还兴高采烈地和她们打招呼，两位女士沉着脸，冷冰冰地望着她。看到这些，站在不远处的几个水手咧嘴笑了。她们刚刚进门，雨又下了起来。

“她的漂亮衣服这下糟蹋了。”戴维森太太恶狠狠地冷笑着。

晚餐吃到一半的时候戴维森先生才回来，他浑身都湿透了，但是他并没有换衣服，只是默默地坐了下来，脸色阴沉。他只吃了一口便不吃了，呆呆地望着外面的倾盆大雨。即便是戴维森太太告诉他，她们今天遇到了汤普森小姐两次时他也没有说话。只有那皱起的双眉表明他听到了他妻子的话。

“您不觉得我们应该让霍恩先生把她赶走吗？”戴维森太太问，“我们绝不能允许她这样侮辱我们。”

“离开了这儿，她好像无处可去。”麦克菲尔说。

“她可以和当地人住在一起。”

“在这种天气下，当地人那种简陋的棚子住起来肯定更不舒服。”

“我曾经在这样的棚子里住过好几年。”传教士说道。

这时那个当地小女孩端了炸香蕉上来，这是他们每日的甜点。戴维森对她说：“问问汤普森小姐看她什么时间方便，我想去见见她。”

小女孩害羞地点了点头，出去了。

“你要去见她干什么，阿尔弗雷德？”他的妻子问。

“我有责任去见她。我会给她所有的机会，然后再采取必要的行动。”

“你不知道她是什么人，她会侮辱你的。”

“那就让她侮辱好了。让她朝我吐口水吧。她也有不死的灵魂，我必须尽我所能去拯救她的灵魂。”

戴维森太太耳边至今还回响着那个妓女嘲弄的笑声。

“她已经堕落得太深了。”

“深到连主的怜悯都无法顾及吗？”戴维森的眼睛突然亮了，他的声音变得柔和起来，“永远不会，一个罪恶的人可能堕落得比地狱还要深，但是我主耶稣的爱依然笼罩着他。”

小女孩带来了汤普森小姐的口信。

“汤普森小姐向您致意。她说只要戴维森牧师不在工作时间来，她随时都欢迎。”

他们沉静地听着。麦克菲尔医生觉得汤普森小姐的厚颜无耻很好笑，但是他很快地收回来了嘴角的一丝笑意。如果他的妻子发现了肯定会很恼火。

他们默默地吃完了饭。吃完以后，两位女士起身离开餐桌去干她们的活计。麦克菲尔太太开始了一条新的羊毛围巾。自从战争开始她已经织了无数条了。医生点燃了烟斗。只有戴维森没有动，他依然坐在椅子上，发呆地看着餐桌。终于他站了起来，一言不发地走出了房间。他们听到他下了楼，然后敲响了汤普森小姐的门。接着听到汤普森小姐说“请进”，声音里充满了挑衅。他在她那儿待了一个小时。麦克菲尔医生望着外面的大雨。这雨开始让他心烦。它不像英国的雨那样温柔，轻柔地落在大地上。

这里的雨是无情的，甚至有点可怕。它带着大自然原始力量的恶意。它不是泼洒而是滔滔不绝的洪流。它像是来自天堂的大洪水，哗啦哗啦永不停息地打在瓦楞铁皮的屋顶上，让人发狂。这雨像是和自己大发雷霆，有时你会觉得，如果它不停下来你就会尖叫，可尖叫过后马上会感到虚弱无力，好像你的骨头突然变软了，整个人都感到悲哀和绝望。

传教士回来了，麦克菲尔转头望向他。两位女士也抬起头来。

“我已经给了她机会。我劝她痛改前非。她是一个邪恶的女人。”

他停顿了一下。麦克菲尔医生看到他的目光阴沉下来，苍白的脸庞变得冷酷严厉。

“现在我要拿起我主耶稣把高利贷者和钱商赶出上帝神殿的那根鞭子。”

他在房间里踱来踱去，嘴唇闭得紧紧的，浓黑的眉毛皱在了一起。

“哪怕她逃到天涯海角，我也会紧追不舍的。”

他猛地转身走出了房间。他们听到他又下楼去了。

“他要去做什么？”麦克菲尔太太问。

“我不知道。”戴维森太太摘下夹鼻眼镜擦拭着，“当他在执行上帝的旨意时，我从来不问他任何问题。”

她轻轻地叹了口气。

“怎么了？”

“他会把自己累坏的。他从来不知道顾惜自己的身体。”

麦克菲尔医生从房子的主人，也就是那位混血商人那儿知道了传教士行动的初步结果。当他经过商店时商人拦住了他，走出来和他在台阶上说话，他胖胖的脸上满是焦急。

“因为我把一个房间租给了汤普森小姐，牧师为此责怪了我。但是当我把房间租给她的时候并不知道她是什么人。有人过来说要租我的房子时，我只关心他能不能付得起房租。要知道她提前支付了一个星期的房租。”

麦克菲尔医生不愿就这件事情表态。

“不管怎么说，这是您的房子。我们非常感谢您能收留我们。”

霍恩疑惑地看着他，他不确定麦克菲尔是不是明确地站在传教士这边。

“传教士们互相支持，”他吞吞吐吐地说，“如果他们要联合起来对付一个商人，那我只能关店歇业了。”

“他想让你把她赶出去？”

“那倒没有，他说只要她安分守己，他就不会让我把她赶出去，这对我也公平。我保证说她不会再有访客了。我过来就是和她说这些的。”

“她怎么说？”

“她把我臭骂了一顿。”

商人的腿在旧帆布裤子里不安地扭动着。他发现汤普森小姐不好对付。

“哦，我敢说她会走的。如果没有人上门，她是不会留下来的。”

“她无处可去，只能去当地人的房子，现在也没有当地人肯收留她。传教士们已经准备对付她了。”

麦克菲尔医生看着下个不停的大雨。

“嗯，我觉得等天气放晴也没有用。”

晚上他们坐在客厅里，戴维森和他们谈起他的大学生活。他当时身无分文，靠假期打零工才完成了大学学业。楼下静悄悄的，汤普森小姐一个人待在自己的房间里。但是，突然留声机响了起来。这是她的反抗，以掩饰她的寂寞。不过没有人唱歌，只有留声机播放的忧伤的乐曲，听起来像是在求救。戴维森没有理会。他在讲一件很长的趣事，现在正讲到一半，他面不改色地继续讲下去。留声机的声音继续着。似乎是夜晚的寂静让她心烦意乱，汤普森小姐换了一张又一张的唱片。空气又闷又热，让人喘不过气来。麦克菲尔夫妇上床后却无法入睡，他们只能瞪着双眼，并排躺着听着蚊帐外蚊子让人痛苦的嗡嗡声。

“那是什么？”最终，麦克菲尔太太小声问道。

他们听到了说话声，是戴维森的声音，从木制隔板墙那边传过来的。单调的声音一直持续着。他在大声地祈祷，在为汤普森小姐的灵魂祈祷。

两三天过去了。现在他们在路上遇到汤普森小姐时，她带有嘲讽意味的热情没有了，取而代之的是对他们视若无睹。她涂了脂粉的脸上带着怒色，眉头紧蹙，就好像没看到他们一样。商人告诉麦克菲尔，她曾尝试去找别的地方住，但是没有找到。晚上，她打开留声机，一张接一张地播放着唱片。明显能看出她是在强颜欢笑。留声机里播放着美国早期爵士音乐拉格泰姆风格的乐曲。乐曲有着沙哑、让人心碎的节奏，像是绝望的独步舞曲。礼拜天，她刚开始播放音乐，戴维森就让霍恩过来告诉她停止播放，因为这天是主日。唱片被拿了下来。房子里一片沉寂，只听见哗哗的雨水不停地打在铁皮屋顶上的声音。

“我觉得她开始不安了，”在第二天商人对麦克菲尔说，“她不知道戴维森先生打算做什么，这让她感到害怕。”

那天早上麦克菲尔看到了她，让他吃惊的是她傲慢的表情已经不见了，取而代之的是惴惴不安。霍恩偷偷地扫了他一眼。

“我猜您也不知道戴维森先生接下来要做什么吧？”他冒失地问了一句。

“是的，我也不清楚。”

霍恩会问他这个问题，这有点奇怪，因为他也觉得传教士的工作有些神秘。他感觉传教士正在这个女人周围谨慎而有计划地编织着一张网。当一切都准备就绪时他就会出其不意地把绳子收紧。

“戴维森先生让我告诉她，”商人说，“任何时候只要她想见他，只要让人去叫他就行。”

“当你这么告诉她的时候，她怎么说？”

“她什么话都没说。我没在她那儿停留，只是把戴维森先生的话复述了一遍，然后就离开了。我想她可能要哭了。”

“孤独肯定让她感到不安，”医生说，“还有这雨，也足够让人变得神经质。”他心情有点烦躁。“这个该死的地方，难道这雨就不会停吗？”

“在雨季一直都是这样。这儿一年的雨水量约有300英寸呢。你看这海湾的形状，它把整个太平洋的雨都吸收到这儿了。”

“这该死的海湾的形状。”医生说。

他挠了挠蚊子叮咬过的地方。觉得自己的脾气有点暴躁。

等雨一停，太阳就会出来把这儿晒得像个温室，湿润、闷热，令人窒息。你会有一种奇怪的感觉，好像所有的东西都在疯狂地生长着。当地人以无忧无虑和天真无邪而闻名，他们喜欢文身，外表看上去有些邪恶。当他们赤足跟在你身后时，你会本能地往后看。总有一种感觉，他们随时会敏捷地蹿到你身后，把长刀戳进你的肩胛骨。你不知道在他们分得很宽的眼睛后面隐藏着什么阴暗的想法。他们长得有点像画在神庙墙垣上的古埃及人，周身带着一种源自远古的恐怖。

传教士进进出出，一副忙碌的样子，不过麦克菲尔夫妇却不知道他具体在忙什么。霍恩告诉医生说，戴维森先生每天都要去见总督。一次戴维森说起了总督。

“总督表面上很有决心，但是一旦涉及实质问题，他就没胆量了。”

“我觉得他不会按照你想的去办。”麦克菲尔开玩笑地暗示说。

传教士没有笑。

“我想让他做正确的事。这种事情本不应该让别人劝说后才去做。”

“不过关于什么才是正确的事情，每个人都有不同的见解。”

“如果一个人脚上长了坏疽还犹豫着不去锯掉它，你能容忍吗？”

“坏疽是存在的事实。”

“那么邪恶呢？”

戴维森做的事情很快就清楚了。那天他们四个人刚吃完午餐，还没有离开去午睡。当地炎热的天气使午睡成了两位女士和医生每天必做的事情之一。戴维森对这种懒散的习惯没什么耐心。这时门突然被猛地推开，汤普森小姐走了进来。她环顾了一下房间，然后朝戴维森走去。

“你这个卑鄙的混蛋，你对总督说我什么了？”

她怒气冲冲，唾沫四溅。房间里有片刻的停顿。然后传教士向前拉过一把椅子。

“不坐下吗，汤普森小姐？我一直希望能和你再谈谈。”

“你这个卑鄙的混蛋。”

她嘴里不停地辱骂着，肮脏粗鄙，不堪入耳。戴维森一直严肃地盯着她。

“对于你加诸在我身上的辱骂和侮辱，我毫不关心，汤普森小姐。”他说，“但是我请你注意这里还有女士在场。”

她怒火中烧，强忍着眼泪，脸憋得又红又肿，好像要窒息一样。

“发生了什么事？”麦克菲尔医生问。

“刚刚有个家伙过来和我说，让我搭下一班船走人。”

传教士眼中好像闪过一道光芒，但是他还是面无表情。

“在这种情况下，想让总督同意你留下是不可能的。”

“肯定是你干的，”她尖叫着，“你骗不了我，肯定是你干的。”

“我不想欺骗你，我只是感觉有必要督促总督采取他职责范围内所有的可能的措施。”

“你为什么就不能离我远点？我又没有伤害到你。”

“你大可放心，就算你伤害到了我，我也绝不会怨恨你的。”

“你以为我想待在这个破烂的鬼地方吗？我还看不上这里呢。”

“如果是这样的话，我看不出你还有什么抱怨的理由。”他回答说。

她愤怒地发出一声含糊不清的喊叫，冲出了房间。屋里出现一阵短暂的沉默。

“知道总督终于采取行动了，这是个令人欣慰的消息。”戴维森开口打破了沉默，“他一直是个胆小的人，优柔寡断。他说她只不过是要在这儿待两个星期，如果她去了阿皮亚，那儿属于英国管辖，就和他毫无关系了。”

传教士跳起来，迈着大步在房间里走来走去。

“当权者总是想方设法地逃避自己的责任，这太可怕了。他们说得好像只要他们看不到罪恶，就没有罪恶了。哪怕她到了另一个岛上，但是只要那个女人存在，这本身就是一桩丑闻。最后我不得不直截了当地说。”

戴维森双眉紧锁，抬起结实的下巴，看上去凶狠而坚定。

“你这么说是什么意思？”

“我们教会对华盛顿那边并非毫无影响力，我对总督指出，如果有人对他在这里的管理方式提出投诉，这对他没有任何好处。”

“她什么时间必须走？”过了一会儿，医生问道。

“从悉尼到旧金山的船下周二到这里。她将搭这艘船离开。”

还有五天的时间。

为了找点事儿做，医生每天上午大部分时间都待在医院里。第二天，医生从医院回来正要上楼的时候，混血商人拦住了他。

“打扰了，麦克菲尔医生。汤普森小姐生病了，您能去看看她吗？”

“当然可以。”

霍恩带着他走进她的房间。汤普森小姐懒散地坐在椅子上，既没有读书，也没有做针线活儿，她只是发呆地望着前方。她穿着那条白色的裙子，戴着那顶带装饰花的大帽子。麦克菲尔注意到，尽管擦了粉，她的皮肤还是泛黄发暗，眼皮浮肿。

“听说你身体不好，我很难过。”

“哦，不是真的生病了，我这么说是因为我必须要见你。我不能坐船去旧金山。”

她望着他，突然他看到她眼里的惊恐，两只手时而张开时而握紧。商人站在门口，听着。

“所以，我明白了。”医生说。

她深深吸了一口气。

“我现在不能去旧金山。昨天下午我去找总督，但是没能见到他。他的秘书告诉我，我必须得乘那艘船走，只能这样。我必须得见到总督，今天上午我又去了。终于见到了他，但是他不想听我说。我知道他不想理我，但是我只能找他。最后他终于说，如果戴维森牧师同意的话，他不反对我搭下一艘船离开。”

她停下来，焦急地看着麦克菲尔医生。

“我不太明白我能做些什么？”

“噢，您能不能帮我问问戴维森牧师。我向上帝发誓，如果能让我留下来，我肯定会规规矩矩的。如果他希望的话，我可以连门都不出。最多就两个星期了。”

“我去问问他。”

“他是不会同意的，”霍恩说，“他一定会让你星期二离开的，你还是做好准备吧。”

“告诉他我能在悉尼找到工作，我的意思是，我要求的不多。”

“我尽力。”

“有了结果就马上告诉我，可以吗？不管他同不同意都来告诉我，否则无法让人踏实下来。”

这件差事医生有些勉为其难，也许是性格使然，他没有直接去找戴维森先生。他把汤普森小姐的话告诉了他的妻子，让他的妻子去和戴维森太太说。传教士的态度太武断了，让这个姑娘在帕果帕果待两个星期又会怎么样？不过他显然对自己这番斡旋的结果没有充分的准备。传教士直接找上了他。

“戴维森太太告诉我汤普森一直在找你谈话。”

被人直截了当地询问，麦克菲尔医生这样一个害羞腼腆的人不禁被逼出些火气，心生不满。他感觉气往上涌，脸腾的一下红了。

“我看不出让她去悉尼还是去旧金山有什么区别。只要她保证在这儿能守规矩就行。再这样逼迫她是不是有点过分了？”

戴维森目光严厉地盯着他。

“她为什么不愿意回到旧金山？”

“我没问，”医生有些不耐烦地回答，“我认为管好自己的事儿就行了。”

也许这不是一个得体的回答。

“总督已经下令让她必须乘坐最近的一班船离开这里。他是在履行自己的职责，我不会干涉的。她的存在会给这里带来麻烦。”

“我认为你这样的做法太过专横残忍、不近人情了。”

两位女士抬起头望向医生，面露惊慌。但是她们害怕的吵架并没有发生，传教士温和地笑了。

“您这样看我这使我很难过，麦克菲尔医生。相信我，我的心也在为那个不幸的女人滴血，但是我只是在尽力执行自己的职责。”

医生没有回答。他只是闷闷不乐地望着窗外。这次外面没有下雨。目光穿过海湾，可以看到当地人村落的一座座小屋偎依在树丛周围。

“趁着今天没下雨，我想出去走走。”他说。

“请不要因为我没有同意你的要求，就对我心怀怨恨。”戴维森笑里带着忧伤，“我非常尊敬您，医生，如果您非要把我往坏处想，我会非常难过的。”

“我毫不怀疑您对自己有足够的自信，可以冷静地对待我对您的看法。”他反驳道。

“这让我说什么好呢？”戴维森笑着说。

麦克菲尔医生不禁为自己这番无理却又毫无结果的鲁莽行动感到恼火。他走下楼来，汤普森小姐的门半开着，她还在等着他的回复。

“那个，”她问，“您和他谈了吗？”

“谈过了，我很抱歉，他什么也不肯做。”他窘迫得不敢抬头看她。

突然传来一阵呜咽声，他抬起头来飞快地扫了她一眼。只见她脸色苍白，惊惧不安。这不由让他感到沮丧。突然他想到了一个主意。

“不过你不要放弃希望。他们这样对待你真是太过分了。我要亲自去见总督。”

“现在？”

他点点头。汤普森小姐的脸亮了。

“嘿，你真是太好了。我敢说，如果您替我说话的话，他肯定会让我留下来。只要让我待在这儿，我肯定不会做我不该做的事儿。”

麦克菲尔医生也不清楚自己为什么决定去见总督。他本来对汤普森小姐的事情毫不关心。但是是传教士激怒了他，他不满的情绪在心中暗暗积蓄着。

他在总督的官邸见到了总督。他身材高大，相貌英俊，做过水手。他留着灰色的牙刷形胡子，身上的白色斜纹布制服一尘不染。

“我过来拜访您是为了和我们住在同一栋房子里的一个女人，”他说，“她的名字叫汤普森。”

“我感觉最近我听过这个名字太多次了。”总督面带微笑着说，“我已经下过命令，让她下星期二离开。我能做的就是这些。”

“我想冒昧地问您，看能不能通融一下，让她等到旧金山的船来了再走，这样她就可以去悉尼了。我保证在此期间她规规矩矩的。”

总督依然面带微笑，但是他眯起了眼睛，神情严肃起来。

“我很乐意为您效劳，麦克菲尔医生，但是命令既然已经下达就必须执行。”

医生尽力想把这件事情讲清楚，然而总督脸上的笑容消失了。他面色阴沉地听着，视线转移到了别处。麦克菲尔可以看出来他根本不为所动。

“我很抱歉给这位女士带来了不便，但是她星期二必须乘船离开，这件事情到此为止。”

“但这和她晚几天走有什么区别？”

“请原谅，医生。除了相关当局，我没有向其他人解释我官方行动的义务。”

麦克菲尔目光敏锐地看着他。他想起戴维森曾暗示过他用过恐吓的手段，从总督的态度中他觉察到了一丝异常的窘迫。

“该死的，戴维森真是多管闲事。”他感到极为气愤。

“请慎言，麦克菲尔医生，这话也就我们私下说。我并不是说我对他的印象很好，但我必须承认，他向我指出有一个像汤普森小姐那样的女人出现在这样一个有许多士兵驻扎的地方的危害性，是在他的职责范围内，他只是在履行他的职责。”

说完他站起了身，麦克菲尔也只好站了起来。

“请您原谅，我还有事情要处理，代我向麦克菲尔太太致意。”

麦克菲尔垂头丧气地离开了总督府邸。他知道汤普森小姐还在等着他。对于自己的失败他实在难以启齿，他从后门悄悄地溜进来，蹑手蹑脚地上了楼梯，好像在逃避什么。

吃晚饭时他一直沉默着，心神不安。不过传教士看上去却心情颇为愉快，一副兴致勃勃的样子。麦克菲尔医生觉察到他的目光时不时地落在自己身上，带着胜利的愉悦。他突然想到，会不会是戴维森知道自己去拜访总督却又无功而返的事情了呢？但是他到底是怎么知道的呢？这个男人身上有某种邪恶的力量。晚饭后，他看到霍恩站在走廊里，好像有话和他说，于是走了出去。

“她想知道您是否见到了总督。”商人小声地问他。

“见到了，不过他不肯改变决定。非常抱歉，我现在也无能为力了。”

“我就知道会是这样的。他们不敢违背这些传教士的。”

“你们在谈什么？”戴维森也走了出来，加入他们的谈话，语气颇为和蔼。

“我在说至少得再等上一星期，你们才能去阿皮亚。”商人信口说道。

说完商人就离开了，麦克菲尔和戴维森回到客厅。戴维森照例是饭后一小时的娱乐消遣。这时传来一阵怯生生的敲门声。

“请进。”戴维森太太用她那尖厉的嗓音说道。

没有人推门进来。她只好站起身来走过去开门。是汤普森小姐站在门口。但是她外表发生了明显的变化。她已经不再是在路上嘲笑她们的那个卖弄招摇的轻佻女人了，此刻站在他们面前的是一个看上去精疲力尽、担惊受怕的女人。以前精心梳理的头发现在蓬乱地披散在脖颈处，身上穿着睡衣和拖鞋，邋里邋遢，还散发着不清新的气味。她脸颊上还挂着眼泪，站在门口不敢进来。

“你想干什么？”戴维森太太厉声说道。

“我可以和戴维森先生谈谈吗？”她哽咽着说。

传教士站起来朝她走去。

“进来吧，汤普森小姐。”他亲切地说，“有什么我能为您效劳的吗？”

汤普森走进了房间。

“我想说，我对那天我说的话，还有——还有其他的事情向您道歉。我想当时我喝多了。我请求您的原谅。”

“哦，没关系。我想我这个人心胸还够开阔，几句难听的话我还受得了。”

她畏畏缩缩地向他挪了挪步子，靠近了一些。

“你赢了，我已经精疲力尽了。您不会让我回旧金山吧？”

戴维森脸上亲切的态度消失了，声音突然变得强硬严厉。

“你为什么不想回那儿？”

她被吓得退缩了一步。

“我的家人住在那里，我不想让他们看到我这个样子。只要不去那儿，您说的任何地方我都愿意去。”

“你为什么不愿意回旧金山？”

“我刚才已经说了。”

他身体前倾，盯着她，他那双大眼睛发出的光似乎要刺进她的灵魂深处。他猛地深吸一口气。

“监狱。”

她尖叫一声，紧接着扑倒在他的脚下，抱住了他的双腿。

“不要把我送回去。在上帝面前我向您发誓，我会做个好女人，再也不干那种事了。”

她嘴里一连串不停地胡乱恳求着，泪水顺着她搽了脂粉的脸颊流下来。

他向她俯下身子，抬起她的脸，强迫她望着他。

“是因为监狱吗？”

“在他们要抓我的时候我逃走了，”她喘了一口气，“如果我被那些警察抓住，就得坐上三年牢。”

他放开了手。她顿时瘫倒在地板上，痛苦地抽泣着。麦克菲尔医生站了起来。

“现在情况不一样了。”他说，“你既然知道了这些，就更不能让她回去了。再给她一次机会吧，她会改过自新的。”

“我正打算给她一次机会，一次前所未有的好机会。如果她悔悟，就该接受对她的惩罚。”

她误解了他的意思，抬起头来。肿胀的眼睛里闪过一丝希望的光芒。

“你放过我了？”

“不是，你还是星期二坐船去旧金山。”

她发出一声痛苦的呻吟，紧接着变成低沉沙哑的、不像是人类发出的尖叫。她把头使劲地往地板上撞。麦克菲尔医生跳起来把她拉了起来。

“别这样，千万别这样。现在你最好回房间躺下，我给你拿点药。”

他扶她站起来，半拖半抱地把她带到楼下。他对戴维森太太和他的妻子极其不满，因为两人谁也没有帮忙。混血儿商人和他的助手站在楼梯口，帮着把她送到了床上。她一直在呻吟哭泣，几乎都要不省人事了。他给她皮下注射了一针镇静剂。当他回到楼上的时候，浑身发热，累得精疲力尽。

“我让她躺下了。”

楼上的两位女士和戴维森依然保持着他离开时的样子。自从他离开后他们动也没动，既没挪动位置也没开口说话。

“我正在等你，”戴维森说，他的声音听上去陌生而又冷漠，“我要你们和我一起，为我们犯了错的姐妹的灵魂祈祷。”

他从书架上拿起《圣经》，在他们吃晚餐的桌子旁坐了下来。桌子还没来得及收拾。他把茶壶推到了一旁，用一种有力、深沉而浑厚的声音给他们读基督遇到行淫时被抓的妇人那一章。

“现在和我一起跪下，让我们为我们亲爱的姐妹萨迪·汤普森的灵魂祈祷。”

紧接着他开始了长长的、虔诚的祈祷，祈求上帝宽恕这个有罪的女人。麦克菲尔夫人和戴维森夫人闭着眼睛跪了下来。医生惊讶之余，既尴尬又窘迫，也跟着跪了下来。传教士的祷告言辞热烈、滔滔不绝。他显得异常激动，随着他的祈祷，眼泪也顺着他的脸颊流淌。外面下着无情的大雨，一直不停地下着，仿佛带着人类凶狠恶毒的情绪。

终于，他停了下来，顿了顿他说：“我们现在再重复一遍主祷文。”

他们又重复了一遍，然后其他人跟着他站起身。戴维森太太的脸色苍白而宁静。她看上去得到了慰藉，安静平和。但是麦克菲尔夫妇却突然感到局促不安，眼睛不知道往哪儿看才好。

“我下去看看她现在怎么样了。”麦克菲尔医生说。

他敲了敲门，开门的是霍恩。汤普森小姐正坐在一把摇椅上，轻声地抽泣着。

“你坐在那儿做什么？”麦克菲尔喊道，“我不是说让你躺下吗？”

“我根本躺不下，我想见戴维森先生。”

“我可怜的孩子，你觉得这样有用吗？你不可能说动他的。”

“他说过，只要我让人去叫他他就会来的。”

麦克菲尔朝商人做了个手势。

“那就去叫戴维森先生吧。”

商人上楼去了，他陪着她一起等着。戴维森进来了。

“很抱歉把您请过来。”她忧郁地看着他。

“我正等着你叫我过来。我就知道主会回应我的祈祷的。”

“我是一个坏女人。我要忏悔。”

“感谢上帝！感谢上帝！他听到了我们的祈祷。”

他转身朝向另外两个男人。

“我要和她单独待一会儿，告诉戴维森太太，我们的祈祷得到了回应。”

两个人走出去，带上了门。

“天哪。”商人说道。

当天晚上，麦克菲尔医生直到很晚都难以入睡。半夜里他听到传教士上楼的声音，看了看表，凌晨两点。戴维森上楼后也没有立即上床休息，因为透过隔着两个房间的木板墙，他听到戴维森一直在大声地祈祷。一直听到终于精疲力尽他才沉沉睡去。

当他第二天早上看到戴维森的时候，他惊讶地发现，他的脸色比以往都要苍白，但是唯有一双眼睛闪烁着异样的光芒，似乎心中充满了巨大的喜悦。

“我想让你现在下楼去看看萨迪，”他说，“我不指望她的身体能好一些，但是她的灵魂——灵魂得到了救赎。”

医生感到无力和不安。

“昨天晚上你和她待到很晚。”他说。

“是的，她无法忍受我离开她。”

“你看上去很得意。”医生被激怒了。

戴维森的眼中闪烁着心醉神迷的光芒。

“主赐予了我极大的慈悲。昨天晚上，我有幸把一个失落的灵魂带到主慈爱的怀抱中。”

汤普森小姐又坐在了摇椅上。床还没有收拾。房间里也乱七八糟的。她没有心思打扮自己，身上只披了一件脏兮兮的晨衣，头发胡乱地束成一团，脸哭得肿胀起皱，早晨只是用湿毛巾稍微擦了一下。她看上去整个人都没有了生气。

医生进来的时候，她抬起头目光呆滞地望着他，一副惊吓过度且沮丧的样子。

“戴维森先生在哪儿？”她问。

“如果你想见他，他现在就下楼。”麦克菲尔心中不悦，尖刻地回答她，“我只是过来看看你怎么样了。”

“噢，我还好，你不用担心。”

“你吃过东西了吗？”

“霍恩给我带了些咖啡过来。”

她焦急地望着门口。

“您觉得他会很快下来吗？有他在这儿，我就不会感觉这么糟糕了。”

“你星期二还走吗？”

“还要走，他说我必须得走。请您告诉他，让他快点过来。你在这儿对我没有任何帮助。他现在是唯一能帮助我的人。”

“好吧。”麦克菲尔医生说。

在接下来的三天里，传教士绝大部分时间都和萨迪·汤普森待在一起。只有在用餐时间才会回来。麦克菲尔医生注意到他根本没吃什么东西。

“他这样会把自己累垮的。”戴维森太太怜惜地说，“如果他再这样不注意身体的话，他会垮掉的。可他就是不知道对自己好一点。”

她自己也是苍白虚弱。她告诉麦克菲尔太太，她根本就睡不着。传教士从汤普森小姐那儿回到楼上后，还要继续祈祷一直到精疲力竭。即使这样他也睡不了多少时间，一两个小时后，他就会起床穿好衣服，沿着海湾散步。他做的梦也很奇怪。

“今天早上他告诉我，他梦到了内布拉斯加州的山峰。”戴维森太太说。

“这太奇怪了。”麦克菲尔医生说。

他想起来当他穿越美洲的时候，透过火车的窗户看到过内布拉斯加州的群山。它们像是巨大的鼹鼠窝，圆润光滑，突兀地挺立在平原上。麦克菲尔医生猛地想起来，他当时联想到了女人胸前的双峰。

戴维森的躁动不安连他自己都无法忍受，但是同时他又被一种奇妙的兴奋鼓舞着。他把隐藏在这个可怜女人内心角落里的最后一丝残留的罪恶也连根拔除，彻底捣毁。他陪她一起读书，一起祈祷。

“太令人惊奇了，”一天一起晚餐时他对大家说，“这是真正的重生。她的灵魂曾经犹如深夜一般黑暗，现在却犹如刚下的雪一般洁白。我既卑微又惶恐。她对她所有罪恶的悔恨是那么美丽，我都不配去触碰她的衣角。”

“你还忍心把她送回旧金山吗？”医生问他，“回到美国就会在监狱里待上三年。我本以为你会放过她，让她免受牢狱之灾。”

“啊，你不明白吗？她必须得回去接受对她的惩罚。你以为我的心不会为她流血吗？我爱她就像爱我的妻子和我的姐妹一样。她在监狱期间受的一切苦难我都会感同身受。”

“一派胡言。”医生不耐烦地嚷道。

“你不会理解这些的，因为你感受不到。她犯了罪就必须受到惩罚。我知道她必须忍受，她将会受饥饿、酷刑和羞辱之苦。我要她接受人类的惩罚，以此作为对上帝的祭祀。我要她满怀喜悦地接受惩罚。因为她拥有的这个机会，是极少数人才能得到的一个机会。主是善良而又慈悲的。”

戴维森兴奋地说个不停，声音都在颤抖着，麦克菲尔几乎听不清楚他在说什么。

“一整天我都在和她一起祈祷，离开她后我还要祈祷，我尽我所能，全身心地祈祷着，以求主赐予她仁慈。我要在她的心里种下甘愿接受惩罚的强烈愿望，最后即使我主动让她离开，这种愿望也会让她拒绝离开。我要让她意识到监狱严厉的惩罚是她献祭在神圣的主脚下感恩的供品，而主曾为她献出过生命。”

日子一天天慢慢过去。这个房子里所有的人都关注着楼下那个饱受折磨的悲惨女人，大家都处于一种不同寻常的兴奋状态之中。她就像是一个为一次野蛮血腥的祭典仪式准备的祭品。她被恐惧笼罩着，已经变得麻木。她不能忍受戴维森离开她的视线。只有和他在一起的时候她才有勇气。她对他产生了一种奴性的依赖，一刻离不开他。她每天大部分时间是在哭，其余的时间在读《圣经》、做祷告。有时她会精疲力尽，变得麻木。然后她就会期盼着自己苦难的来临，因为这似乎能给她指出一条直接具体的出路，让她从目前经历的极度痛苦中逃离出来。她再也不能忍受现在不断折磨她的那种莫名的恐惧。带着一身的罪恶，她抛开了一切个人的虚荣心，穿着俗丽的晨衣，蓬头垢面、衣冠不整地在房间里晃荡。她已经四天没脱睡衣了，也没穿长袜。房间里杂乱无章。外面倾盆暴雨依然下个不停。有时候你会觉得天空上的水肯定已经被倒空了，但它还是不停地往下倒，重重地直接冲击着铁皮屋顶，冲击再冲击，让人发狂地重复着。所有的东西都发潮，黏糊糊的。墙壁和放置在地板上的鞋子上都生出了霉斑。漫漫的不眠之夜传来蚊子愤怒单调的嗡嗡吟唱声。

“这雨哪怕是停一天也好啊。”麦克菲尔医生说。

他们都盼望着星期二那条从悉尼开往旧金山的船。现在紧张压抑的气氛让人无法忍受。就麦克菲尔医生来说，他希望赶快摆脱这个不幸的女人，他的怜悯和怨恨都会随之消失。无法避免的事情就必须要接受。他觉得如果船开走了，他连呼吸都会顺畅一些。总督府办公室的一名办事员将护送萨迪·汤普森登船。他在星期一晚上过来拜访，告诉汤普森小姐上午十一点做好准备。当时戴维森正和她在一起。

“我会确保一切准备就绪。我打算亲自护送她上船。”

汤普森小姐没有说话。

麦克菲尔医生吹灭蜡烛，小心翼翼地爬进蚊帐后，如释重负地叹了口气。

“唉，感谢上帝，事情终于结束了。明天的这个时候她就已经走了。”

“戴维森太太也会很高兴的。她说戴维森太过劳累，已经精疲力尽了。”麦克菲尔太太说，“她真是变了一个人。”

“谁？”

“萨迪。我从来也不敢想象这会是真的。这真让人心生敬意。”

麦克菲尔医生没有回答，此刻他已经睡着了。这几天他累坏了，比平时睡得都要沉。

早上他感觉有人用手碰他的胳膊时，才被惊醒了。他猛地坐起来，看到是霍恩站在他的床边。这位商人把手指放在嘴边示意他不要出声，招手示意跟他过来。往常他都穿着那条破破烂烂的帆布裤子，但是今天他却光着脚，身上只围了一条当地人的缠腰布，猛地看上去像个野蛮人。麦克菲尔医生起床时还看到他满身的文身。霍恩做了个手势示意跟他到走廊上。麦克菲尔医生下了床，跟着商人到了外面。

“别出声，”他低声说道，“你得跟我出去一趟，穿上外套和鞋子。快点。”

麦克菲尔医生首先想到的是汤普森小姐出事了。

“出什么事了？需要我带上工具吗？”

“快点，拜托了，赶快。”

麦克菲尔医生悄悄地返回卧室，在睡衣外面穿上雨衣，又穿上一双胶底鞋，和商人会合后一起蹑手蹑脚地下了楼。通往大路的门开着，门口站着六七个当地人。

“出什么事了？”医生又问了一遍。

“跟我来。”霍恩说。

他走了出去，麦克菲尔跟在他身后。当地人也都尾随其后。他们穿过马路来到海滩上。医生看到一群当地人在水边围在一起看着什么。他们连忙跑过去，跑了有几十码的距离。看到麦克菲尔医生和霍恩的到来，当地人纷纷让开，医生走了进去。商人把他往前推了一把。然后他看到了一个可怕的东西，一半卧在水里，一半露在外面，是戴维森的尸体。麦克菲尔医生弯下腰——他不是一个遇事就惊慌失措的人——把尸体翻转过来。尸体喉咙上的伤口横贯两耳，右手还紧紧地拿着作案用的剃须刀。

“已经凉透了，”医生说，“死亡应该有一段时间了。”

“刚才有一个小伙子在上班的路上发现他躺在这里，就跑来告诉了我。你认为他是自杀吗？”

“我觉得是，应该派个人去告诉警方。”

霍恩用当地话说了几句，有两个年轻人便离开了。

“在警察来之前，我们不要动他。”医生说。

“不能让他们把尸体带到我的房子里去。我不会允许的。”

“你得听从当局的安排，”医生厉声说道，“实际上，我想让他们把他送到停尸房。”

他们站在原地等着。商人从他缠腰布的褶层中拿出一支烟来，也递给了麦克菲尔医生一支。他们吸着烟，注视着那具尸体。麦克菲尔医生想不明白。

“您觉得他为什么要这么做？”霍恩问。

医生耸了耸肩。过了一会儿，在一名海军队员带领下，当地警方过来了，还抬着担架。后面还跟着几名海军军官和一名海军军医。他们井然有序地处理完了一切。

“戴维森太太那边怎么办？”其中的一个警察问。

“既然你们已经过来了，那我就回到住处加几件衣服。我会告诉她的。最好稍微给他整理一下，再让他妻子过来看。”

“就按您说的办。”那名海军军医说。

当麦克菲尔医生独自回到住处时，他看到他妻子的衣服也快穿好了。

“戴维森太太特别的担心她的丈夫，”一看到丈夫回来她马上说道，“他昨天一晚上都没有回房间休息。她听到他在凌晨两点钟离开了汤普森小姐的房间。不过他没有回来，而是走了出去。如果从那时起他就一直在外面走的话，那肯定是死了。”

麦克菲尔医生把发生的事情告诉了她，并让她把这个噩耗告诉戴维森太太。

“但是，他为什么要这么做？”她被吓坏了。

“我不知道。”

“但是我做不到，我不能。”

“你必须这样做。”

她带着惊恐的表情走了出去。他听到她走进戴维森太太的房间。他等了一分钟，然后开始打起精神来刮胡子、洗漱。穿好衣服后，他坐在床边等着妻子。终于，她回来了。

“她想要见你。”她说。

“他们已经把他送到停尸房了。我们最好和她一起下去看看。她情况怎么样？”

“我看是吓傻了。她没有哭，只是身体抖得像一片叶子。”

“我们最好现在马上过去。”

他们敲了敲门，戴维森太太走了出来。她脸色苍白，但是眼里没有泪水。在医生看来，她平静得不太正常。他们都没有说话，默默地下楼走在路上。当他们到达停尸房时，戴维森太太开口说道：“我想一个人单独去见他。”

他们站在一旁。一名当地人给她打开了门，她进去后，门又在她身后关上了。他们坐下来等待。有一两个白人过来小声地询问，麦克菲尔医生把自己知道的这场悲剧讲给他们听。终于，门无声地打开了，戴维森太太走了出来。他们又陷入沉默。

“我现在可以回去了。”她说。

她的声音冷静沉稳。麦克菲尔医生看不懂她眼中的表情。她苍白的脸庞显得格外地冷峻。回去的路上他们走得很慢，谁也没有说话。终于他们走到邻近房子的一个拐弯处。戴维森太太吸了一口气，麦克菲尔夫妇停住了脚步。他们听到了沉寂了好长时间的留声机的声音，拉格泰姆的旋律响亮又刺耳。

“那是什么声音？”麦克菲尔太太惊叫起来。

“咱们去看看。”戴维森太太说。

他们走上台阶，进了门厅。汤普森小姐站在门口，正在和一个水手聊天。她的身上突然间发生了变化。她又穿上了那套俗丽的装束，白色的连衣裙，闪闪发光的靴子，粗腿套在长筒棉袜里，头发精心地梳理过，戴着那顶别着庸俗花哨的装饰花的白色大帽子。她的脸上浓妆艳抹，眉毛画得黑得吓人，嘴唇涂得猩红猩红的，挺胸抬头站在那里卖弄风骚。她又变回当初他们最初认识的那个趾高气扬的浪荡女人了。看到他们进来，她发出了一阵响亮嘲弄的大笑。然后，当戴维森太太不由自主地停下时，她嘬了嘬唾沫，啐了她一口。戴维森太太被吓得后退了一步，脸上浮起两片红晕。接着，她用双手捂住脸颊，夺路而出跑上了楼。麦克菲尔医生彻底愤怒了，他把这个女人推进了房间。

“你究竟在做什么？”他怒喝道，“关掉你这该死的留声机。”

他走上前去，把唱片扯了下来。她转身望着他。

“我说，医生，别跟我来这套。见鬼，你到我的房间里来干什么？”

“你什么意思？”他喊道，“你这么说是什么意思？”

她打起精神，此刻没有人能形容她表情中的鄙视，或者是她的回答中包含的轻蔑和憎恨。

“你们这些男人！你们这些下流、肮脏的猪！你们全都一样，你们所有的人。都是猪！都是猪！”

麦克菲尔医生倒吸了一口凉气。他明白了。

跋

当你坐船离开火奴鲁鲁的时候，当地人会在你的脖子上套上一只花环，上面散发着花朵的芳香。码头上拥挤不堪，人满为患，乐队演奏着柔情似水的夏威夷乐曲。船上的人们向站在下面的人抛出彩带，不一会儿，船的侧面就挂满了五彩缤纷的细细纸条，红色的、绿色的、黄色的、蓝色的。当船慢慢地驶离岸边，彩带也被轻轻扯断，就像扯断了人与人之间的联系。男人和女人们让这欢快的红色的、绿色的、黄色的、蓝色的纸条暂时聚在一起，然后生活又让它们分离。纸条发出一声脆响，它是如此容易撕开。一个小时以后，碎片从船上飘落下来，被风吹散。花环上的花朵凋谢了，不再有最初的芳香，你把它扔到船外。

图书在版编目（CIP）数据

叶之震颤 /（英）毛姆著；马亚静译 . 一 广州：广东人民出版社，2024.5

ISBN 978-7-218-17397-9

Ⅰ. ①叶…　Ⅱ. ①毛…　②马…　Ⅲ. ①短篇小说 一 小说集一英国一现代　Ⅳ. ① I561.45

中国国家版本馆 CIP 数据核字（2024）第 042565 号

YE ZHI ZHENCHAN

叶之震颤

［英］毛 姆　著　马亚静　译

出 版 人： 肖风华

策划编辑： 周舰宇
责任编辑： 马妮璐
责任技编： 吴彦斌
封面设计： 杨西霞
封面图片： 鹿寻光

出版发行： 广东人民出版社
地　　址： 广州市越秀区大沙头四马路 10 号（邮政编码：510199）
电　　话：（020）85716809（总编室）
传　　真：（020）83289585
网　　址： http://www.gdpph.com
印　　刷： 北京文昌阁彩色印刷有限责任公司
开　　本： 880mm×1230mm　1/32
印　　张： 8.375　**字　　数：** 151 千
版　　次： 2024 年 5 月第 1 版
印　　次： 2024 年 5 月第 1 次印刷
定　　价： 52.00 元

如发现印装质量问题，影响阅读，请与出版社（020-85716849）联系调换。
售书热线：（020）87716172